TODO LO QUE DEBE MORIR

Jimena Antoniello Ligüera

❖ SevenSistersPress

❖**SevenSistersPress**
Primera edición: 2019

ISBN-13: 978-0-578-45164-0

Imagen de portada: CSA-Printstock
Diseño y cuidado de edición: Salvador L Raggio

Impreso en los Estados Unidos - Printed in the United States

Sobre todo a mis hombres, reales o ficticios.

Yo era tanto, tan bien, tan plenamente
tan armoniosamente moldeada
y me deshice en piezas sin sentido
y casi no soy nada.

Ya no soy yo ni nadie
estoy desecha, muerta, no soy nada,
pensé pensé pensé y hoy ya no queda
más que esta pobre bestia desgarrada.

IDEA VILARIÑO
Diario de juventud

Lo asustó la sospecha tardía de que es la vida, más que la
muerte, la que no tiene límites. ¿Y hasta cuándo cree usted que
podemos seguir en este ir y venir del carajo?

GABRIEL GARCÍA MÁRQUEZ
El amor en los tiempos del cólera

TODO LO QUE DEBE MORIR
Jimena Antoniello Ligüera

LA CASA VACÍA DE LILJA TORR

En blanco. Esta página se quedará en blanco. La maldita crisis de la página en blanco… ¿O será un síntoma de que ya no soy la misma persona que solía ser? Lo he intentado todo para que esto no sucediese, para no quedarme con los ojos secos y el gesto mustio. Mi editor me recomendó escribirlo, hablar de lo ocurrido como forma de exorcizar mis fantasmas, los del pasado y los del presente, para volver a ser el sujeto alegre y dinámico que escribía novelas de un tirón. Novelas de crímenes y suspense.

Pero no funciona. Llevo tres noches seguidas intentándolo y nada parece mejorar. Lo cual me genera una terrible impotencia, y eso que le he dado vueltas hasta el cansancio en busca de una razón, una sola, para entender cómo ha sido posible. He repasado con minucia cada uno de los movimientos para que nadie supiese que fui yo. Que aunque ha sido mi culpa, no fue mi intención ofenderle de ese modo y que desapareciese sin más. Ahora las letras se han quedado huecas y la estructura deforme. Lilja Torr se ha marchado de su casa cuando yo estaba escribiendo sobre ella. Llevábamos un tiempo discutiendo en cuanto a la mejor estrategia para descubrir qué había ocurrido con su amiga Sarai, después de la muerte repentina del marido de ésta. Sucedió bajo circunstancias dudosas, y la policía acusó a Sarai de ser la sospechosa principal. Pero Lilja sabía perfectamente que ella no había podido ser, que su amiga era incapaz de dañar a alguien, así que decidí ayudarla y hacer algunas averiguaciones. Le indiqué el camino, las personas a las que debía visitar e interrogar, pero cuando las pistas nos llevaron a Mateus Torr, su padre, Lilja se enfadó conmigo y me reprochó que haya escrito todas esas cosas. Me acusó de cuentista barato, de liante sin compasión, y dejó de comunicarse. Luego se marchó. Fui hasta su casa en repetidas ocasiones a implorarle que hiciéramos las paces, pero no hubo manera. La última vez que golpeé su puerta sin que me contestase, descubrí una llave escondida en un macetero roto que se descomponía cerca de la entrada, y me aventuré a allanarla. Dentro, todo permanecía intacto, cada cosa en el mismo sitio donde Lilja y yo lo habíamos dispuesto hacía años. Entiendo que un personaje no necesita equipaje, pero si yo no le brindo las cosas nadie más puede hacerlo. Ahora apenas soy capaz de teclear su nombre. Lo peor es que es obstinada y nunca se retracta, la conozco. No volverá jamás. Quizá esté coqueteando con algún lector que le haya dado asilo, o con otro escritor con quien se identifique más. Lilja se esfumó de mis dedos para siempre y me siento culpable y miserable. Intenté recapitular, hacer algunos cambios, pero las pistas y las huellas siempre me devolvían a Mateus Torr. No importaba cómo cambiase los argumentos o qué dialogaran el resto de los personajes, la sospecha volvía a caer sobre los hombros de su padre como si fuese un laberinto sin fin, una especie de *Rayuela* a la inversa, pésimamente planteada. Además, así me siento, un deplorable escritor al que sus personajes le abandonan. Pensé que en estos últimos dos años nuestra amistad y nuestro lazo se habían afianzado. Es cierto que la conocí de adulta en pleno centro de la ciudad, con sus treinta y pocos años y su cabello caoba, mientras buscaba en su billetera la tarjeta de crédito para pagar unos libros que había elegido. Pura casualidad que nos viésemos, porque no suelo escribir tan temprano. Pero aquél día me sonrió y ya no pude apartarme de ella. Lilja tiene una personalidad arrolladora, alegre. Es un poco quisquillosa para ciertas cosas relativas a la comodidad y el orden, pero nada del otro mundo. Después que compró los libros, le acompañé hasta una cafetería. Se sentó contenta, pidió un cortado doble y me miró a los ojos. Me preguntó con una soltura casi indecente si ahora que nos habíamos encontrado pensaba seguir escribiendo con ella, sobre ella. Por supuesto no pude negarme. Así que seguimos juntos tomo tras tomo, mientras me ayudaba a resolver los intrincados crímenes de mis novelas negras. Al final se había convertido en la ayudante perfecta. Le ofrecí ser la protagonista de las historias, pero me dijo que el teniente Morrison era mucho más profesional y elocuente, que su papel debía seguir siendo el de colaboradora ocasional, aquella que siempre tiene una buena idea para resolver el embrollo. Estuvimos todos de acuerdo, incluso el teniente; sobre todo él. Aunque Morrison es un hombre cincuentón y un poco rudo de aspecto, sé que Lilja le gusta. Le tiene un cariño que dista mucho de ser fraternal; ella es preciosa. Si tuviese que volver a describirla, diría que me recuerda a las palabras extensas, de fonética seductora, más bien vocal, pocas consonantes. Sus movimientos recuerdan al presente perfecto del indicativo, con esa suave rotundidad que no deja lugar a dudas.

Ahora mis páginas estarán en blanco y su casa vacía. Lo he intentado todo, hasta he cambiado la cafeína por las infusiones y he dejado de fumar. A Lilja no le gusta el humo del cigarrillo, dice que tiñe las uñas y también los dientes. Pero no ha vuelto. Aún no sé nada de ella, y no puedo acudir a su padre porque no sabría explicarle el motivo de su desaparición. Intentaré quedarme un rato más frente al monitor a ver si la veo, si averiguo algo... si puedo volver a pintarla y, de tener éxito, intentar convencerle para que se quede aunque sea una temporada más. Mientras tanto, me encuentro inactivo, y el teniente Morrison tendrá que esperar alguna página futura para resolver aquel crimen.

EL GANADO

Viniste a marcar el territorio, como lo hacen los animales cuando algo les pertenece. Para que el resto de integrantes del rebaño no se acerque a las hembras elegidas, al percibir el olor del macho alfa. En definitiva todo se reduce al sexo, tenían razón Freud y sus detractores. Y digo sus detractores porque lo que le achacan al pobre Sigmund es, precisamente, que se la pasase hablando de una única cuestión, o agrupase todas las cuestiones en un mismo inicio y fin: la sexualidad. Una vida entera dedicada al psicoanálisis, y una posteridad a la crítica destructiva. Igual yo soy más de Jung, pero esa historia la cuento otra noche.

Después de tardar seis meses en deducir y aprender la dinámica de tu tortura en relación al silencio y al abandono, volviste. Cínicamente te acostaste conmigo, seduciéndome con sonrisas y palabras, y una botella de vino Chardonnay. Lo planeaste a conciencia y al detalle: la cena en el restaurantito italiano a la vuelta de la esquina, ese mismo donde me rompiste el corazón en mil pedazos el verano pasado. Pero era invierno. Era enero, estabas de buen ánimo, y te encanta el amor con el frío en la cara. A saber los mecanismos cuánticos que se agitan alrededor de tus neuronas a esa altura del año. Te altera el clima, porque en verano te vas. Desaparecés de la faz de la tierra, y hay que andar buscándote entre los *megustas* de las personas en común. Maldita tecnología que sólo sirve para atormentar emocionalmente a las masas, y para generar trabajo y ponencias a psicólogos y sociólogos, empeñados en dar a luz prematuras teorías sobre la tecnología y los tiempos que corren. Y el resto hacemos equilibrio entre la frustración y el buen comportamiento para no defraudar a las madres que nos criaron con valores y orgullo. Algunos de esos valores los escondemos sin que nadie nos mire, entre los almohadones de los sofás y los *loveseats*, junto con las moneditas caídas de esos mismos bolsillos anchos. Sobre el orgullo, para no entrar en detalles, diré que a más de uno se le derramó en las alcantarillas cuando salió corriendo de algún bar de mala muerte. No está mal, no es juzgar, es ser coherente con el ultraposmodernismo y la globalización. Las ciudades y sus metáforas nos arrean, repito, igualito que al ganado, en beneficio de políticos y economías. En una de esas, Sartre me entendería con sus náuseas y su existencialismo. Aunque existe polémica por ahí también. Es bastante irrisorio que a los muertos se les piden cada vez más explicaciones y a los vivos se les contemplen las sandeces. Como yo contigo y tus cambios climáticos, o tus ansias de enero y tus lejanías de estío. Que donde sigas queriéndome manipular con tu psicología barata de películas de clase B, voy a terminar perdiendo los papeles, y la historia del fotógrafo aquél se me va a salir por cada poro. Sí, el fotógrafo que tanto te molesta y al que tanto quise. Qué locura, cómo se me da esto de mezclar historias, de escupir verdades.

En definitiva, jamás te entiendo. «Tengo planes esta noche», me respondes a los mensajes. Escueto y poco claro. Te encantan los finales abiertos. En el fondo, te gusta desacomodarme las piezas del puzle que me quedé armando sola. Porque no paro de pensar, mientras le doy sorbitos pequeños a mi taza de café cada mañana; pienso qué puede significar todo esto. El que digas que tenés planes es acaso que vas a emborracharte solo, que vas a salir con Barry, que vas a ver una película sentado en tu sofá de cuero, que te vas a transar a alguien en algún cumpleaños de esos con esmoquin, o que te gusta dar vueltas por tu cuenta en esta ciudad cuasi derretida por el sol y la sal de mar...

Lo dicho, vas y venís con el afán de marcar esquinas, memorias y revueltas. Y yo me dejo arrear para que pastemos a tus anchas. Y así, al final del día y de mis tazas de café, tengo todo el derecho del mundo a reprocharte lo que sea que hayas hecho, que siempre está bastante mal. Y vos, risueño y encantador, vengas a desbaratarme el enojo, otra noche de esas donde se te antojó mi compañía. Y te portaste valiente y leíste mis cuentos en voz alta, comentándome galantemente que lo que separa mis letras de la excelencia, es precisamente que no se anime mi pluma a hacerte pedazos. Sin rencores, con caricias y algún beso, despacito, me seguís arreando en lo que más me hiere.

LIBRETISTA

Decidí entrar a la licorería solo. Decidí comprar dos botellas de whiskey. Decidí beber una entera. Sería una por semana. O quizá una por noche. Así podría sumergirme en aquel estado tedioso y torpe donde las musas nadan a sus anchas.

Estoy francamente desesperado porque necesito terminar de corregir varias páginas y no logro concentrarme. Mentira. Invento cualquier excusa para tener otra cosa mejor que hacer que sentarme frente al teclado. Hace años que no utilizo papel para crear. No logro entender cómo he sido capaz durante tanto tiempo de creerme un profesional de la escritura y afrontar de una vez y para siempre que mis palabras no valen para tanto. O, mejor dicho, para nada. Soy un fraude. Un fraude en todo lo que hago. Me engaño a mí mismo y a todos los que me rodean. Llevo haciéndolo desde secundaria.

Todo comenzó con un cuento corto infantil que fue seleccionado cuando yo tenía apenas trece años. Escuchar a la gente repetir el nombre propio genera ingentes cantidades de endorfinas. Es como comer cosas que a uno le gustan. O hacer ejercicio, aunque de eso no tengo la menor idea. Me sentí tan bien mientras me daban palmaditas en la espalda a la entrada del colegio, que así, de la nada, decidí en ese preciso instante que iba a ser escritor. Porque sonaba bonito. Porque a las niñas les encantaba mi cuento y porque mi madre lucía orgullosa la medalla de plástico con que premiaron aquellas palabras.

Después ya no pude parar. Entré a la universidad pero no la terminé, no hacía falta. Nunca hizo falta hacer demasiado para creerme escritor. Alfabeto ya era, así que la cuestión radicaba en quedarme despierto por las noches para inventar cuantas palabras rimbombantes se me ocurriesen. Y me fue más o menos bien. Hasta tuve una profesora que con tal de descubrir nuevos talentos, se enamoró de mi pluma y de mi juventud. Nunca voy a dejar de agradecerle todo lo que aprendí de ella, de su sexo y del funcionamiento de la administración. Pero mi manía por el abandono hacia las actividades cuando se vuelven repetitivas me hizo dejarlo todo; a la profesora, a la universidad y el estudio, y a la lucha contra mi voluntad.

Una sola adicción me acompañó toda la vida: el alcohol. Sin embargo esa es una historia aparte que no voy a contar en este momento. Necesito vender, volver a la antigua gloria de las mujeres y las frases. Sin todo esto me siento perdido, insignificante. Tanto, que hasta he pensado en el suicidio. No es que tenga la tendencia, no es que mi psiquis se encuentre al borde del colapso, pero la verdad es que he fantaseado con la muerte varias veces. He imaginado una y otra vez cómo sería mejor morir. Quisiera un acto heroico, aunque no sea digno ni de mí ni de mi pluma.

Al principio imaginé morir por amor. Es decir, una situación donde acabase sacrificando mi vida por la mujer de mis sueños. Como, por ejemplo, evitando un accidente de coche fatal, o interceptando una bala por ella. Luego entendí que no hay una mujer perfecta por la que moriría. Todas tienen un doblez extraño que tarde o temprano sale a la luz y escuece. No me tomen por un desalmado, adoro a las mujeres, soy un caballero, hasta me he enamorado un par de veces, lo normal en lo que voy de media vida. Pero al final siempre me dejan el mismo mensaje, nunca es suficiente para ellas el esfuerzo invertido. Y las entiendo. Es difícil ser hembra en estos tiempos de cólera y guerra. El feminismo ha puesto el listón muy alto, y ellas siguen teniendo ganas de sexo sin complejos, mientras se pintan las uñas a la mañana siguiente. Libertad y feminidad, todo al precio del espíritu de los tiempos. Yo encantado mientras sigan queriendo acostarse conmigo.

El caso es que las muertes imaginadas nunca me convencían al final. Ni por mujeres, ni por niños, ni por causas nobles como mi país. Hoy en día, con la globalización, mantener la bandera en alto de un solo rincón del planeta es realmente absurdo. Como el machismo o el racismo. Incluso las guerras santas o los partidos de fútbol. Hay cosas que pasan de moda, que caen por su propio peso. No todo es cuestión de política o economía. En cambio todo es cuestión de género, de sexo. Del poder de unos sobre los otros. Y los papeles se están invirtiendo. Ahora son ellas las que quieren disfrutar sin culpas y ellos, nosotros, buscamos el compromiso y el cariño. Cada uno pone su corazoncito donde buenamente puede. Yo lo vuelco en la literatura, que ya no me corresponde. Sigo escribiendo, sigo creando, pero las letras se me escapan y las frases se subordinan. Los tiempos verbales se mezclan con el whiskey y poco queda por hacer salvo un verso torcido con mal aliento. Y no estoy culpando al alcohol, culpo a mi incapacidad real para escribir y a aquél estúpido premio escolar que me hizo creer que yo podía ser un poco más que los demás.

Si pudiese trascender en lo literario, lo utilizaría para hacer el bien y no para acostarme con mujeres. La fama no sirve para nada porque te genera más presión de la que el cuerpo y la mente pueden aguantar. Si me termino toda la botella de whiskey, ya sé lo que pienso hacer. Pienso escribir un comunicado, las redes sociales son lo mejor en estos casos, un comunicado que diga que el célebre escritor Fulano de Tal, este que suscribe y que pienso mantener en el anonimato, va a dimitir. Deja la literatura para dedicarse a salvar niños en situación de desamparo. Ya sé que suena horrible pero a todo el mundo le cautiva lo altruista. En una de esas tengo éxito y lo consigo y vuelven las palmadas. En una de esas, las redes sociales y el Twitter me devuelven la fama que con tanto esmero construí. Y así perdono a aquella maestra, y así recupero a aquella profesora, o me consigo una nueva. Si todos hablan de que voy a dejar mi maldita profesión, esa en la que jamás he sido bueno, quizá de esa forma logre ser el mejor de todos. A la masa le gusta la carroña y yo les voy a servir un espécimen fresco. No es culpa mía, ni siquiera del whiskey Glenlivet que bebo a diario. Es culpa de las redes sociales y de todos los que las utilizan, engreídos ególatras de las tecnologías y las *selfies*.

JUGUETES

Corría el mes de marzo cuando Esther Rovira recibió la funesta noticia de que su visado estaba a punto de expirar y no le había sido concedida la renovación, por lo que debía abandonar a la brevedad el país. La carta con la notificación llegó por correo certificado de parte del Servicio de Ciudadanía e Inmigración. Era una hoja ribeteada en colores rojos y azules, con un sello oficial.

Por supuesto, el dictamen le sentó horriblemente. Percibió aquél fallo como si un leñador le hubiese cortado a la mitad con una sierra eléctrica, ejerciendo más fuerza de la necesaria. Sintió cómo todo su cuerpo se entumecía por la desazón de la imagen de la mutilación. Uno de esos instantes en la vida en que, si bien es prácticamente imposible que una persona muera por algo semejante, ocurre que el organismo se predispone para aguantar un golpe de adrenalina feroz, cortando la respiración mientras segrega un sudor frío.

Su primera reacción fue releer la carta tres o cuatro veces, no sólo para comprender realmente lo que había recibido, sino para asimilar fechas y cláusulas. Le daba vueltas la cabeza y sentía ganas de vomitar. En décimas de segundo su mente le devolvió cientos de posibilidades, donde todas las consecuencias eran negativas y el pánico se apoderaba de sus pies y sus manos, sin siquiera dejarla salir corriendo. Inmovilizada por el terror y la congoja, llamó inmediatamente a su amiga Leonor Maey para narrarle la mala noticia.

Desde su primer encuentro, Esther y Leonor se habían vuelto inseparables. Hacían todo juntas y no se ocultaban detalle o intimidad. Pareciera como si Esther fuese la prolongación de la mente de Leonor, y su amiga, por su parte, la extensión de sus emociones. Era tal la similitud, que cada vez que alguna de ellas tenía algún altercado sentimental con su pretendiente, el susodicho bloqueaba el acceso a las redes sociales de las dos, cortando cualquier comunicación con ellas. Alegaba, en defensa propia, que saber de la amiga era como saber de la interesada en cuestión, ya que su relación de cara a los demás funcionaba como una gran masa intercomunicada de electrones y sensores, como un sistema cerrado de datos con un único *cluster* de nodos: una matriz indivisible y central.

Lo cierto es que llamar inmediatamente a Leonor era inevitable para redimir las ansias y encontrar, de haberla, una solución. Ese mismo día, tras una hora al teléfono, Esther se dio por vencida y lloró amargamente. Según habían calculado las amigas, tomaría un tiempo relativamente prudente volver a intentar presentar sus papeles. La partida, aunque prefiriesen no admitirlo, estaba muy próxima, y la separación era un hecho.

En mayo, Esther y Leonor se encontraban finalmente separadas. Tenían varios planes en desarrollo y una comunicación diaria a través de la telefonía móvil. Se contaban las actividades cada día, reían a carcajadas y lamentaban estar tan lejos la una de la otra. Sin embargo, la certeza en el regreso de Esther había quedado sellada por un pacto amistoso. Dicho pacto había consistido en que Leonor fuese la custodia de una muñeca de trapo tan importante para su amiga como su propia amistad. Una muñeca que había formado parte de la vida de Esther desde sus siete años, y que le había acompañado en cada viaje, haciéndole más amenas las horas de sueño. A Esther le era muy difícil dormir sin la muñeca, con lo que, alejándose de ella y dándole la custodia temporal a su amiga Leonor, garantizaba que intentaría lo imposible por volver.

Desde el otro lado de la frontera, Esther intentó conseguir nuevos documentos y cartas de recomendación que avalasen su regreso al país. Llamó uno por uno a todos sus contactos, enviándoles mensajes y pedidos de ayuda sin compromiso. Al parecer, cada uno de ellos entendió que no tenía tiempo para ocuparse de Esther. Cuando por fin pudo comunicarse telefónicamente con la administración central del Servicio de Ciudadanía e Inmigración, le dijeron que su caso tomaría más tiempo del que ella había imaginado. Nada parecía suficiente, y al teléfono las amigas no encontraban consuelo. Rápidamente los planes de volver pronto se desdibujaban.

Al cabo de varias semanas, y tras la última negativa de ayuda de un familiar de Esther, Leonor comenzó a inquietarse con la dilación de todo aquél asunto de los papeles, y empezó a rumiar la terrible idea de que su amiga le había abandonado. Decidió entonces elaborar un método para intimidar a Esther, por si ésta se hubiese resignado al hecho de no regresar jamás. Procedió así a desnudar la muñeca de su amiga y sacar fotos perturbadoras a cada parte de su cuerpo, empezando por las extremidades. Luego se detuvo en detalles como los ojos, la nariz y el cabello dispuesto de hebras de lana. Compró también pequeñas cajas decoradas con colores pasteles y figuras de nubes en relieve y estrellas. Les escribió la dirección del país de Esther y de esa forma se entregó a la manipulación. Si Esther no regresaba, su muñeca sería desmembrada y enviada por partes a su dueña.

La primera vez que recibió un sobre con la foto de un brazo de la muñeca, Esther rió a carcajadas. No obstante, con la llegada de la segunda foto, que ya estimó menos divertida por tratarse de la porción de una mano, cuestionó a su amiga por aquella ridícula acción. Leonor permanecía seria al teléfono tras las acusaciones. Como Esther sólo refunfuñó por un rato sin llegar a dramatizar por el suceso, Leonor decidió incrementar la dosis de ensañamiento y arrancó el ojo izquierdo de la muñeca con la punta de un cuchillo, para colocarlo luego en una de las cajas de color pastel. Ella raramente bromeaba, y no estaba dispuesta a aceptar la separación de su amiga.

Tras el incidente de la muñeca tuerta, Esther maldijo a Leonor, mientras rompía furiosa sus cartas. Le pidió que volviese a poner el ojo en su lugar y que dejase de hacer tonterías. Lamentaba profundamente haberle dado en custodia a su precioso juguete. Leonor, como respuesta, le envió esta vez una pierna envuelta en papel de celofán. Esther le amenazó con bloquearla del teléfono y de sus redes sociales, con erradicarla de su memoria si seguía profanando la muñeca, pero Leonor no hizo caso y se ensañó cada vez más. Continuaba enviándole pedazos de ella, muchas veces seccionados en tres o cuatro trozos distintos, habiéndose vuelto desalmada e incoherente. Esther, sin saber cómo actuar desde tan lejos, sólo le suplicaba, y le compraba regalos a distancia para congeniarse con ella, pero ninguna de sus acciones surtía efecto.

Una tarde Esther dejó de responder al chantaje de su amiga. Entendió que Leonor no lo hacía de forma consciente pero que, a pesar de ello, le causaba un perjuicio notorio, y que mutilar a su muñeca equivalía a deshacer los fuertes lazos que les vinculaban. La perdonó en silencio y comenzó a recolectar todas las cajas con las partes de su preciado juguete. Le tomó varios meses de extrema dedicación remendar los mendrugos de tela y colocar cada pieza en su sitio. Leonor, desde luego, nunca pensó que en realidad estaba enviando a plazos la muñeca de regreso a su propietaria. Fue demasiado tarde cuando cayó en la cuenta de que había provocado una catástrofe. Una vez hubo reconstruido la cara de trapo con los fragmentos de los botones y habiéndole zurcido un nuevo vestido de algodón, Esther decidió no volver a comunicarse con su amiga. Y Leonor, por supuesto, nunca más intentó localizarle.

CON LA MÚSICA A OTRA PARTE

Damián Teodoro Orlando había nacido en una época de libertades en auge y poca tecnología. Una época donde a los niños los bautizaban con dos nombres y les obligaban a ir a misa, como buenos inmigrantes, hasta que de mayores decidían que las historias relativas a Dios sólo tenían efecto a edades maduras. Porque hasta que no se rebasan los cincuenta, las personas suelen sentirse más o menos invencibles. Es a partir del medio siglo, solía repetir Damián, que los miedos entran en las carnes, y las decisiones ya no están basadas en un futuro lejano, sino en la inmediatez de la comodidad y del juicio final. Se comienza a pensar qué pasará con el alma el día que se abandone el mundo, y las noches se prestan para lavados de conciencia con una luz encendida.

Se dio vuelta en la cama y observó su cuerpo desnudo, cubierto apenas por las sábanas de poliéster que apartó despacio. Hubo una época en que creyó que el algodón era mucho mejor para la salud; ahora las cuestiones de comodidad material le traían un poco sin cuidado. En el fondo sabía que se trataba de miedos. Miedos a no poder afrontar el coste de vida que necesitaba para subsistir. La solvencia económica que hubiese preferido esgrimir al mundo circundante a su edad y con su experiencia. Lamentablemente, sus logros habían hecho mucho menos ruido del que esperaba, y esto escaldaba su ego y su presupuesto, volviéndole meditabundo y huraño, casi de un mal humor crónico. También se trataba de una especie de letargo en el que ya poco o nada le incumbían los objetos y su cuidado. Le aburría pensar en tener que renovar las sábanas, la nevera, el coche a medida que se estropeaban. Lo agreste echaba raíces en su casa paulatinamente, cubriendo las paredes y el techo.

Movió repetidas veces los dedos de los pies como para reconocerse en la madrugada, para asegurarse de que seguía vivo y conservaba el control de su organismo. Sus piernas largas, sus rodillas todavía flexibles, su torso delgado y su sexo en flaccidez. Aún conservaba la piel tersa y suave en la mayor parte de su cuerpo, salvo por arrugas pequeñas a la altura de la frente. Se masajeó el ceño para no fruncirlo. Le asustaba comenzar a perder el pelo en cantidad.

Observó a la chica tendida a su lado: joven, preciosa, inteligente. Pero sobre todo preciosa. Damián siempre pensó que un hombre de su edad no tenía necesidad de andar rondando a mujeres de su generación mientras pudiese acariciar cuerpos del calibre del de Gilda, la profesora. Porque así se exhibía ella ante cualquiera. Y así se había plantado la noche en que se conocieron. Las personas, sobre todo los hombres, solían no prestar atención a sus frases tanto como a sus curvas, así que Gilda se aseguraba de que exponía alto y claro el tipo de hembra que era. Una mujer creativa, con imaginación desbordante, humor afilado y con cierta debilidad por las experiencias y las historias ajenas. Quizá por eso Gilda había preferido a Damián, por todas aquellas narraciones que ella todavía no había tocado con las manos. La madurez volvía a las personas más trascendentes, sencillamente por la acumulación de capítulos a los que aludir.

Gilda dormía y respiraba tranquila. Damián apenas era capaz ya de despertarse pasadas las ocho de la mañana. Los años, pensó, los años lo condicionan todo. Se aprende cierta estructura en la cotidianeidad y se torna poco probable generar cambios aleatorios. Por ejemplo, el hecho de disfrutar la compañía de una mujer en su cama a la mañana siguiente. Le gustaba despertarse con el olor de la piel ardiente de Gilda, porque le contagiaba la pasión que él perdía de un modo gradual. El sexo, desde luego, era mucho mejor por las mañanas, cuando su cuerpo estaba libre de alcohol y de culpas, cuando los abrazos y los roces eran mucho más íntimos, más honestos. Pero aún así, disfrutaba tan sólo un par de horas de los mimos femeninos, quizá con un café con leche de por medio, pero nada más. Al rato, comenzaba a sentirse intranquilo, agobiado, pensativo. Y a Damián no le gustaba deliberar por la mañana. Prefería actuar, ejecutar. Había estado haciendo lo mismo por más de quince años, y si aquella rutina se alteraba, también lo hacía su conciencia. Lo bueno de Gilda es que sabía leer entre líneas y entendía los estados de ánimo de Damián, así que mucho antes de que él intentase despacharla amablemente, ella se vestía dándole la espalda, y le argumentaba que llegaba tarde a sus obligaciones. Damián la veía cubrirse embelesado y agradecía los pretextos en silencio absoluto. Entonces, Gilda llevaba la taza vacía hasta la cocina, se calzaba justo antes de la puerta de salida y se despedía con un abrazo mudo mientras rebuscaba en su bolso las llaves de su coche. «Nos vemos pronto, querida», le susurraba él al oído luego de un beso seco y fugaz. Ella se detenía un instante y asentía desmotivada, antes de salir corriendo escaleras abajo. Porque Gilda también era deportista.

Muy pocas veces Damián espiaba por la ventana hasta que Gilda se perdía calle arriba con su coche. Le producía cierta desidia aprenderse de memoria sus tareas por miedo a encariñarse del todo. Tras dos divorcios y algunas relaciones con fecha de caducidad, Gilda era la primera mujer que le arrebataba los pensamientos hasta hacerle toser para recuperar la respiración. Le gustaba su cerebro, su risa, su humor bondadoso y arriesgado. No parecía tener miedo a nada y controlaba el mundo, o al menos eso proyectaba su imagen. Era la persona perfecta para compartir la vida y la cama. Porque en el dormitorio, se regodeaba Damián al recordarlo, ella le dejaba fantasear continuamente.

Lo cierto es que Gilda era audaz y desvergonzada, y cuando se reunían mostraba un apetito insaciable por los antojos de Damián, que solían comenzar en el sofá del salón, con la televisión encendida de fondo, o alguna música poco convencional. La mirada de Gilda mientras se dejaba guiar constituía para Damián el perfecto abismo emocional donde acallar las obligaciones. Unas obligaciones que achacaban su cuerpo con los años. Porque apenas era capaz de mantener ya la calma respecto al trabajo, a sus hijos, o a su salud. Sobre todo la salud era lo que más le incomodaba, ya que comenzaba a notar ciertos achaques y disfunciones. Era consciente de que Gilda también se percataba, pero los pasaba por alto. Gilda buscaba placer y cariño. Damián buscaba compañía e idolatría.

Lo malo de Gilda era que hacía muchas preguntas y eso a Damián le ponía nervioso. Ya no tenía paciencia para estar explicando por qué motivo hacía o dejaba de hacer las cosas. A su edad se había ganado la autonomía. Y Gilda era como una voz de la conciencia porfiada, que le reprendía casual, casi dulcemente, pero de un modo recriminatorio. Porque bastaba que Damián quisiese librarse de ella para que comenzase a sentirse culpable al respecto. «No sé nada de vos desde hace una semana, ¿va todo bien?», le hostigaba ella cuando él desaparecía por un rato. Damián llevaba muy mal el que no respetasen sus espacios, por eso se había divorciado dos veces. Por eso, y por otras cosas más, pero aquello era el punto de inflexión. Y Gilda a veces le sacaba de quicio con el interrogatorio. Pero Gilda era tan hermosa…

Damián acarició con la mano abierta la cadera suave y tibia de su amante. Fue entonces que Gilda se movió apenas, ronroneando mientras se acurrucaba más contra sus brazos. Damián inspiró el perfume de su pelo revuelto y esperó varios minutos. Ella no se inmutó. Entonces la movió suavemente por un hombro para acomodarse sobre ella, entre sus piernas. Gilda parpadeó sonriente y le aceptó.

Al cabo de una hora, Damián encendió otro cigarrillo. El tercero desde que se había despertado. Le encantaba fumar en la cama, aunque después le hiciese toser. Gilda pegó un salto y rebuscó su ropa entre los objetos tirados en la habitación. Con un solo movimiento se encajó el vestido azul, subiendo la cremallera de la espalda con una maniobra contorsionista.

—Me voy, Dami. Tengo hora para dejar el coche en el mecánico. Llego tarde. Ya sabés, ese problemita de los frenos. Me da miedo.

—Sí, tranquila. Yo también tengo que empezar a moverme. Si quieres reviso los frenos otro día…

—No te preocupes. Me voy corriendo. ¡Chau! —y se estiró sobre la cama para besarle la boca.

Damián apartó el cigarrillo y saboreó esa humedad

delicada. Después se levantó pesadamente poniéndose una bata, y caminó tras ella.

La vio calzarse como de costumbre y salir meticulosamente por la puerta sin hacer ruido. Sonrió un instante sin saber muy bien qué clase de emoción le convidaba su cuerpo. Esta vez se acercó a la ventana y entreabrió la cortina. El sol brillaba alto, igual que la figura de Gilda.

Ella se giró un instante desde la calle para verle asomado a la ventana. No hizo gesto alguno, tan sólo arrancó el motor de su descapotable. Damián se quedó observando la calle vacía varios segundos más.

Regresó pesadamente a su habitación y se dejó caer en la cama. Encendió la televisión y otro cigarrillo. Apestaba a tabaco toda la casa, pero a Damián parecía no importunarle. Buscó sin mucha atención entre los canales de noticias y se detuvo cuando vio el rótulo sobre un hombre muerto. Se trataba de un músico, violonchelista. Tenía cincuenta y tres años cuando su compañera sentimental de treinta y uno le asfixió durante el sexo. Fue un error de cálculos. Una estupidez de juego pasional que parecía estar de moda y que muy pocos aparentemente dominaban. Damián escuchaba horrorizado.

En ese momento le llegó un mensaje de Gilda al teléfono móvil: «Olvidé mis pulseras y anillos.»Damián giró la vista a la mesilla de luz del lado derecho y respondió al instante: «Están acá.» Ella le contestó que lo sabía y que iría a recogerlas al día siguiente por la noche, saliendo del trabajo, si le parecía bien. Damián pensó en el violonchelista muerto y en las curvas irresistibles de las caderas de Gilda. Imaginó su propio cuerpo sin vida, desparramado sobre las sábanas de poliéster, y a un grupo de policías con guantes de látex revisando sus pertenencias. Detestaba que personas ajenas a su vida tuviesen contacto con sus posesiones. Sintió ganas de vomitar.

«En todo caso, la semana que viene», respondió Damián sin ánimos. Gilda tardó varios segundos en contestar: «Sin problemas. ¿Va todo bien?» Damián chasqueó la lengua, era obvio que Gilda buscaba manipularle nuevamente. Ahí estaba la prueba irrevocable, el susurro venenoso en forma de mensaje de texto edulcorado. Esta vez no, pensó Damián buscando rápidamente el número en sus contactos del teléfono y bloqueándola por una semana o tal vez por un mes. Todo dependía de sus ganas por volver a ver a Gilda y, en definitiva, del tiempo que tardase en olvidar la noticia sobre el músico muerto. Cruzó las piernas dejándose la bata abierta mientras encendía otro cigarrillo. Comenzaba a sentirse victorioso. Tras la primera calada flemática, movió libremente los dedos de los pies mientras subía el volumen del televisor.

LA DESAPARICIÓN DE O'BRIEN

Escuché su mensaje con la invitación para ir al cine esa misma tarde. Hacer lo que habíamos planeado. Retomar lo que dejamos a medias.

Volví a darle al *play* con el altavoz puesto únicamente para reescuchar su acento como una androide psicótica. Y otra vez suspiré hondo. El mensaje tenía dos meses. Quizá más, quizá un poco menos. Era ya irrelevante. Él había desaparecido. A la tercera vez dejé mi teléfono a un lado de la cama, donde me había atrincherado como escondite para las malas sensaciones. «Ni se te ocurra llorar, te va a caer mal la comida», me repetí mentalmente mientras hacía un tremendo esfuerzo para contener esa especie de nudo fisiológico que se genera justo un poco por debajo de la garganta y que va subiendo lentamente hasta hacer una explosión en las pupilas, en forma de lágrima. Efectivamente, comenzaba a sentir una extraña náusea emocional que iba a hacer mi digestión bastante trabajosa, cuando no totalmente imposible. Me enderecé lentamente sobre las almohadas y alejé el teléfono móvil de mi cuerpo un poco más, con la punta de los dedos, como si aquel gesto fuese a evitar que la angustia me carcomiese las entrañas.

Esperé varios segundos tamborileando ineficazmente sobre el colchón blando e insonoro. Nada. Volví a esperar varios segundos más mientras el nudo se intensificaba. Fue entonces cuando dejé escapar un grito profundo, desesperado y amorfo que retumbó en todas las plantas del edificio. Un grito perturbador y muerto, un grito sentenciado y sentencioso que durante exactamente un minuto y treinta y dos segundos arrasó con la voluntad que le quedaba a mi cuerpo.

Exhausta y sin aire, inhalé una bocanada de oxígeno para caer rendida hacia atrás, sobre las mismas almohadas que antes me sujetaban. Esta vez, cuando mi cuerpo chocó con la algodonosa pila de respaldos, un chasquido seco retumbó en las paredes de la habitación. Inmóvil, esperé un rato largo. Sudorosa. Escuchaba los latidos de mi corazón galopando a contra reloj, socorriendo y regenerando aquellos rincones del cuerpo que se habían estropeado. Seguía sin poder moverme. Miré de reojo el teléfono cavilando la idea de clamar por ayuda en caso de que algo estuviese realmente mal con mi cuerpo, pero me aguanté. Esperaría unos minutos más mientras repasaba mentalmente estos últimos meses angustiosos desde que O'Brien literalmente desapareció.

La noche era cálida a finales del invierno y tomé un taxi para reunirme con O'Brien en las inmediaciones de los cines ArcLight, en pleno Hollywood. Aunque jamás me había gustado esta sección en la calle Sunset, acepté emocionada la reunión con él ya que su compañía solía ponerme de buen humor. Me relajaba las contracturas y me recordaba que se puede ser sexy e inteligente en pleno siglo XXI sin llevar minifaldas ajustadas. O'Brien era alto y delgado, y tenía la maravillosa y perturbadora costumbre de acariciarse el labio inferior con el índice mientras observaba atento a sus interlocutores. Una mano suave y unos dedos rotos en varias articulaciones a raíz de incontables riñas callejeras, pero con las uñas cuidadosamente cortadas y limpias. El aroma natural de su piel se asemejaba al aceite de coco, aunque la mayor parte del tiempo, sobre todo a la noche, el rancio de la nicotina y el whisky impregnaban sus poros.

Esa noche llegó diez minutos tarde y después de que retirásemos las entradas, me indicó con el brazo el camino hacia el bar de los cines. Me pareció desproporcionado tomar una copa a las siete de la tarde en un día de semana antes de ver la última película de Ridley Scott, pero acepté. Mis días habían estado cargados más de lo necesario y mis contracturas a la altura de la nuca clamaban por dejarse llevar.

Después del acostumbrado intercambio de referencias obvias sobre el tiempo, los días pasados y algún que otro chiste sin esmero entre buenos amigos, pidió su segundo Glenlivet doble *on the rocks*, pagó la cuenta y entramos a ver la película. Fueron dos horas demasiado largas. Una trama con poco sentido y unas secuencias repetitivas junto con los constantes movimientos inquietos de O'Brien en su butaca me pusieron nerviosa. Revisaba su reloj constantemente y yo sentía las punzadas de mi vodka con soda a la altura de las sienes. De pronto, O'Brien se excusó para salir de la sala pero no tardó en regresar. Al parecer los hombres son más rápidos para ir al lavabo. A la segunda vez, volvió con palomitas. Agarré un puñado en mi mano y le observé sin que se diese cuenta. Por el arco de su ceja, supe que estaba tenso y levemente achispado por la bebida, pero no le di mayor importancia.

Luego de la función, caminamos en silencio varias manzanas. Unas calles oscuras, vacías, donde los vagabundos se agrupaban en las puertas de los comercios apagados buscando refugio a la noche. Yo caminaba rápido y con los puños cerrados. Por cada paso de O'Brien, yo debía dar al menos dos y medio. Siempre había preferido la compañía de tipos altos, me obligaban a caminar más aprisa, con mayor seguridad, como si supiese a conciencia mi destino. O'Brien medía casi dos metros. Encontramos un restaurante italiano donde nos dieron de cenar con lentitud y donde volvió a pedir Glenlivet en tres oportunidades. Cuando nos tomamos un taxi a su casa, noté sus ojos pesados y sus rodillas dobladas hacia dentro más de lo habitual. Tenía piernas largas y huesos grandes.

Le acompañé a su puerta y luego de sentarse en el sofá de costumbre, me miró con aquellos ojos piadosos y perdidos que ponía cada vez que necesitaba compañía. Me conmovió. Le abracé, llevé las sobras de la comida a la cocina y pedí mi taxi mientras él palmeó mi rodilla cariñosamente. Sentí el metal del anillo en su dedo meñique golpear fuertemente mi piel. Dolía, pero no dije nada. Nos despedimos y prometió llamarme al día siguiente para coordinar otra reunión. Mientras cruzaba la calle para subirme al coche, levanté mi brazo sin darme vuelta y lo saludé sin detenerme. El taxi me llevó a casa en silencio y aquella fue la última vez que le vi.

No volvió a llamarme, no contestó mis mensajes de agradecimiento por la cena, ni mis emails, ni mucho menos las llamadas telefónicas. Esperé días y semanas hasta que decidí ir a su casa para asegurarme de que estuviese bien. Solía encerrarse en sí mismo de vez en cuando, pero no de modo tan rotundo.

Cuando llamé a mi amiga Magda para que me acompañase, ella le quitó importancia. Me dijo que estaría viendo la televisión como de costumbre, semidormido, con su bebida a un lado sobre la mesilla ubicada estratégicamente a la derecha de su sillón. Aun así fuimos a buscarle.

Llegamos cuando el sol ya se había escondido sobre el horizonte y la calle estaba vacía y desierta. En el verano, Beverly Hills siempre parece deshabitada a esas horas. El calor es intenso y el pavimento jamás enfría. Notamos para nuestra sorpresa que las luces de su casa en el segundo piso estaban apagadas, y que su coche no estaba aparcado a la entrada, como solía. Esperamos un rato, dimos vueltas a la manzana y finalmente montamos guardia.

En primer lugar, O'Brien jamás salía de su casa en coche cuando bajaba el sol si se dirigía a una reunión o a una cena porque jamás conducía si bebía. Y últimamente bebía cada tarde. Además, la casa de su mejor amigo quedaba a una distancia corta, con lo cual era ridículo que hubiese llevado su coche. O'Brien no tiene más que un mejor amigo y a mí. Y el hecho de que las luces estuviesen apagadas sólo podía indicar que había abandonado la vivienda mucho antes de la puesta de sol, de lo contrario estarían iluminados el salón y la cocina. Conozco esa casa y esas costumbres como la palma de mi mano.

Al cabo de media hora nos dio un poco de resquemor estar allí esperando su regreso, por si efectivamente ocurría y nos encontraba montando guardia en el portal de su casa como paranoicas. La noche se hizo más oscura y las dudas crecieron todavía más.

Decidimos esperar otros treinta minutos. O'Brien raramente llegaba pasadas las diez de la noche a su casa si salía con la Lincoln de segunda mano. La espera se volvió inerte y a mí me dieron ganas de ir al baño de la tensión. Repasamos las posibilidades por última vez: un viaje en avión a visitar a sus padres a Nueva York era imposible porque su coche seguía faltando; una ida a Phoenix para visitar a uno de sus hijos que entraba ese año a la universidad constituía seis horas de viaje por carretera, y él ya estaba cansado para aquello. Tampoco había luces en ninguna habitación de su casa, así que hacía varias horas que se había ido. O'Brien era un ser de costumbres tajantes y monótonas, y yo me había aprendido sus recovecos a la perfección. Ahora me estaba disgustando porque la idea de que hubiese alguien más en su vida sin que yo lo supiese tintineaba en un rincón de mi cerebro como una lucecita roja en código Morse.

Cuando la vecina de abajo salió a pasear a los perros, decidimos hacer el último intento y me bajé a hablar con ella. No era muy amable y yo estaba absolutamente convencida de que O'Brien era algo así como su amor platónico. Al parecer ella era una actriz retirada de la cual él no tenía registros memorísticos. Eso la volvía celosa y obsesiva.

Intenté ser prudente y amena para que luego, si todo eran lucubraciones mías, ella no fuese con el cuento a mi amigo de que lo había estado persiguiendo a altas horas de la noche. Le pregunté si sabía algo y cuándo le había visto por última vez. La vecina era demasiado curiosa para no tener idea o no contestar. Así que luego de varios segundos de escudriñarme de arriba abajo, me respondió que ella había estado fuera de la ciudad un par de días, con lo que no tenía datos de su paradero. Suspiré cansada. «Debe de haber ido al mercado», comentó antes de alejarse con sus mascotas. Me di por vencida. Regresé al coche con Magda y expelí aire en señal de abatimiento. Era evidente que no estaba haciendo la compra a medianoche, que no estaba emborrachándose, ni se hallaba en casa de su mejor amigo. Descarté que le hubiesen abducido unos alienígenas o que una banda de narcos le hubiese raptado por no pagar un gramo de coca. Y de haber tenido un accidente, ya me lo hubiesen comunicado hace tiempo.

«Sé realista por una vez», pidió Magda en medio de la

silenciosa noche. Se me hizo un nudo en la garganta, y Magda arrancó el motor.

El trayecto de regreso lo hicimos sin conversar. Cuando Magda me dejó en casa, soltó a bocajarro que podría ser sencillamente que tuviese una novia, una amante, alguien con quien pasaba el rato y a quien iba a visitar en coche. Un tipo soltero con una vida normal, básicamente. Chasqueé la lengua. Yo conocía a O'Brien perfectamente y sabía que no era de la clase de hombre que se compromete. No después de la batalla campal que había sido su divorcio cuatro años atrás. Las mujeres no entraban fácil en su corazón irlandés. Focalizaba todas sus energías y su pasión en el golf una vez por semana y en su mejor amigo que, convenientemente, era su abogado. Como fuere, no tenía gente cerca. ¿Cómo así iba a conocer a una mujer nueva? Y sus gustos eran extremadamente exquisitos…

Mientras subía las escaleras de mi propia vivienda, recordé que los vecinos de enfrente de O'Brien se estaban por mudar hacía dos meses y que la luz de las escaleras se enciende a mano. Esta noche las luces de su planta estaban encendidas y tampoco había rastro de los vecinos. Dos viviendas a oscuras y unas escaleras iluminadas. Recapitulé también que él pulsaba el interruptor cada noche, ya tarde, si regresábamos a su casa de alguna reunión y yo me quejaba de la falta de visión para subir los peldaños. Tenía razón Magda, debía de tratarse de otra mujer.

Me fui a dormir, soñando que nos encontrábamos en un lago y él me saludaba con el brazo estirado, gritando mi nombre desde la orilla. Pero jamás ocurrió. Nunca ocurría lo estipulado cuando se trataba de O'Brien y mis conjeturas. Él parecía tener convenido quién sería merecedor de su compañía una vez cada tanto. Solía huir de las personas porque le recordaban que sentir le había traído problemas anteriormente. Y volverse afectuoso con alguien implicaba una continuidad en la relación que él no estaba dispuesto a asumir. Ya no.

Durante los últimos diez años de su vida, había transitado a conciencia cada paso que daba. Y los abandonos se estaban volviendo tradición. Pero su desaparición repentina hacía sonar todas las alarmas. Las mías, las de mis músculos, las de mis cavidades, las de mi corazón también.

Desperté de mi sueño de forma abrupta. Me había quedado dormida entre las mil preguntas sobre el paradero de mi amigo y el repentino dolor de espalda. Ahora mis huesos parecían estar perfectamente sanos. Me moví con sigilo, estirando las extremidades para comprobar que no tenía nada. Al mover el brazo para incorporarme sobre la cama, noté que mi móvil seguía allí. Accioné la pantalla con el pulgar para saber si tenía alguna nueva notificación. Efectivamente, había una llamada perdida hacía exactamente cuarenta y tres minutos, y un mensaje de voz donde O'Brien, vivo y coleando, en una especie de *loop* existencial, me estaba invitando para ir a ver la última película de Ridley Scott esa misma noche, en los cines ArcLight de la calle Sunset, en pleno Hollywood.

NOCTÁMBULO

Max tenía el sueño liviano. Le costaba mucho trabajo irse a dormir cada noche, porque su mente no dejaba de imaginar cosas y resolver problemas que no existían, pero que suponía él que podrían tener alguna conexión con su futuro inmediato. Listas infinitas de labores autoimpuestas, recados para los amigos y alguna reunión familiar que era indispensable postergar con el fin de que los invitados asistieran. Enviar flores a su novia, o alguna canción romántica. Repasaba una y mil veces cada idea, moldeándola al detalle. Algunas veces, anotaba a tientas en una libreta sobre su mesilla de noche garabatos o palabras que le ayudasen a recordar al día siguiente todo su *brainstorming*, por si había algo que rescatar y estudiar más a fondo. Con los años, se habían formado círculos grisáceos alrededor de sus ojos profiriéndole un aire abatido y meditabundo, casi crónico. Por no mencionar el mal humor. También solía bostezar una vez cada dos horas, a veces más. Sus colegas de trabajo le habían recomendado, entre otras cosas, la meditación como forma de relajarse. «Meditar te cambia la vida, Max, hazme caso. Yo ahora soy un hombre satisfecho», repetía el responsable del Departamento de Economía, de la planta principal. Max se había dedicado los últimos veinticinco años a las finanzas en la pequeña empresa. Le gustaba su trabajo porque requería ser meticuloso, y eso a Max le generaba adrenalina. Sentía pasión por el detalle y la atención. Pero al final del día necesitaba desconectar. En su caso, ni la meditación había surtido efecto. Había intentado ejercicios para relajarse y no pensar en nada. También música clásica, alcohol, dibujos animados, leche caliente y hasta Lorazepam. Esto último era lo único que le funcionaba cada vez. Aunque por temor a volverse adicto lo ingería únicamente cuando el insomnio le duraba más de dos noches seguidas, lo que ocurría varias noches al mes. En realidad, lo que realmente le crispaba era la concatenación de pensamientos. Podía estar cavilando hasta tres o cuatro horas después de apagar la luz, y por eso detestaba que algún ruido exterior le despertara a mitad de la noche. Le costaba horrores recuperar el descanso, por su problema del sueño liviano.

Una madrugada, Max despertó abruptamente a causa de unos ruidos en la azotea. Tenía la sensación de que su corazón iba a salir disparado desde su pecho, y sintió un sudor frío por la espalda. Tras varios segundos de parálisis corporal, intentado identificar los sonidos, atinó tembloroso a encender la luz, pero la habitación estaba vacía y en orden. El sonido parecía provenir del techo, justo en el rincón sobre su cama. Un sonido desparejo, carrasposo, como si alguien estuviese rasqueteando el tejado con algún instrumento punzante.

Imaginó todo tipo de escenario: una ardilla afilando los dientes, un ratón sonámbulo, un alienígena intentando desatornillar el conducto de ventilación de los aires acondicionados para entrar y succionarle el cerebro. (Ese último pensamiento, claro, le dio más miedo por inverosímil). Max era consciente de que la oscuridad activaba ciertas partes del intelecto bastante imaginativas. Se levantó con cuidado y, sin hacer ruido, caminó en puntillas de pie hasta el salón, donde tras un vistazo inicial, encendió la luz de golpe para asustar a un posible visitante nocturno. Nada. La casa estaba vacía, como era de esperar. Luego de recorrerla a fondo, y de revisar las ventanas y el baño, regresó a su habitación. Y como el sonido había cesado, se dispuso a dormir.

A la madrugada siguiente, otra vez alrededor de las cuatro de la mañana, Max volvió a desvelarse, ya sin sobresalto, por causa del mismo sonido. Recorrió otra vez la casa con el mismo resultado. Al cobijarse nuevamente, enumeró novedosas posibilidades de roedores nocturnos o ataques alienígenas. Quizás un licántropo con la habilidad de trepar cuatro pisos de un salto impulsivo.

Como la molestia continuaba cada noche, decidió poner una queja en la administración, ahí le prometieron enviar al control de plagas para cerciorarse de que ningún roedor estaba construyendo nido alguno.

—¿Está segura de que no encontraron nada? Cuando sopla el viento, me da la impresión de que giran botellas de vidrio u objetos cilíndricos en la azotea… Quizá suben jóvenes los fines de semana, en la noche, a tomar cerveza y a mirar el cielo. O a fumar. Todos sabemos que no se puede fumar en el edificio, pero como son jóvenes…

—Vecino, le repito que ya hemos puesto veneno por si son roedores, que a juzgar por la descripción que nos ha dado, es lo más probable. No hay tales botellas.

—¿Y si vuelve a ocurrir…? Yo necesito descansar.

—Nos avisa de nuevo.

—Podría subir por mi cuenta a la azotea a investigar.

—Negativo. No puede. Es muy mala idea.

—¿Entiende usted que el ruido es sobre mi techo, ¿verdad? En mi habitación, ¿verdad?

—Comprendo. No puede subir solo, es peligroso. Va en contra de las normas del edificio.

—Está bien. Gracias, y buenas tardes.

Tras la conversación telefónica con la *manager*, Max continuó con sus quehaceres de modo paciente y alentado, pero exactamente a los quince días de que le dijesen que no habían encontrado nada, el sonido volvió a despertarle. Esta vez se enfundó en su bata térmica, se calzó botas forradas de corderito falso, y con toda la rabia del mundo subió las escaleras hacia la azotea haciendo caso omiso del cartel de prohibición. Cuando finalmente el frío de la noche le golpeó el rostro, y tras centrar la vista para entender lo que estaba presenciando, Max se encontró a un gigante de color gris tirando a verde, de cuclillas sobre el área del techo correspondiente a su habitación, justo en la esquina oeste de la azotea. La criatura rascaba empecinada, con uñas largas y sucias, la madera recién pulida de los techos flamantes de la vecindad. Después del primer impacto, Max comenzó a reír desmedidamente, desconcertado y furioso, al comprobar que los del servicio de plagas no habían subido jamás a cerciorarse de lo que ocurría. El gigante, queda claro, ni se inmutó.

LA RABIA

Tengo un nudo en la garganta. Mentí. Intercambié las fichas y los nombres, acomodé los finales de ciertas historias para no herir sensibilidades. Nadie quiere ser nunca el malo de la película. Mucho menos una chica. Una chica moderna, educada, de buena familia. Y yo soy esa clase de mujer que tiene una reputación que conservar. No es tan difícil de entender, todos los escritores lo hacen. Los artistas en general. Para no desvelar identidades, para no hacer el ridículo. A mí no me importa quedar expuesta a la edad que tengo, por las cosas que he dicho. Eso pensaba hasta que me desperté esta mañana con ese mensaje demoledor.

Walter mostraba toda su rabia y repudio en un insulto. Un insulto con forma de mensaje de texto enviado a las siete y media de la mañana, hora exacta del Pacífico. Unas palabras que me produjeron un extraño picor de faringe e hicieron que los latidos del corazón se volviesen carrasposos, como cuando los engranajes están viejos y desalineados.

Mi respuesta inmediata fue reír amargamente. Pensé que era infantil que habiendo discutido la noche anterior, lo primero que hiciese en la mañana fuese dedicarme un insulto de buenos días. Todavía no me duele, y eso que pasaron varias horas. Me dolerá más tarde, cuando me termine la botella de whiskey Glenlivet que tengo en la cocina y empiece a llover a eso de la medianoche, como avisaron los de meteorología. Porque está nublado y hace frío, y a Walter le gusta abrazarme cuando se acerca el invierno. Estoy segura de que los recuerdos me van a mortificar más que sus palabras.

Después de despejarme la cara y la memoria, alejé pesadamente los remordimientos de mi cabeza, hasta la segunda taza de café. Entonces entoné el *mea culpa* y llamé a mi madre.

Siempre que hago algo que no está bien me confieso con ella. Si ella sabe disculparme, eso significa que puedo enmendar el error horas después, o incluso días, al pensar en cómo resolver mis conflictos. Mi madre es muy locuaz y racional. Nunca se inclina por un lado de la balanza por cuestiones de puro amor. Es justa. Y lo que busco en la confesión es justicia. Ella me dice si tengo que replantearme mis parámetros, si tengo que pedir disculpas o si debo salir corriendo.

Mamá, he hecho algo muy malo. He insultado a Walter. Le he insultado yo. Jamás he insultado a nadie en mi vida. Pero es que ya no me trata bien, no me cuida, apenas me quiere. Prácticamente tengo que rogar por migas de tiempo y de atención. Mamá, ya me conocés, ya sabés que me manejo bien con las verdades, que aguanto todo, que muy pocas veces pierdo los papeles. Pero le quise tanto, le quiero, y me ha tratado mal. Me ha despreciado al punto de no importarle si estoy alegre o necesito compasión. Pero fui yo. Yo le insulté primero. Anoche. Anoche le insulté con lo que más le dolía. Mi intención no fue herirle, sino hacerle ver que me estaba lastimando. Que no estaba bien ese abuso de conducta, donde yo suelo mantener la calma y tratar de conciliar. Conciliar y amenizar para que no me dejen en la estacada, para que no me sigan quebrando. Para que no tenga que mendigar por cariño, como me enseñaste, mamá. Por eso le insulté. Le insulté por primera vez, y me sentí bien. Poderosa, superada, firme.

Sé que está mal. Pero me quedé muy a gusto. Fue como parar una cachetada, como dar una patada lateral de muay thai, ¿me estás escuchando, mamá?

Y no, no puedo pedir disculpas. Total, nunca me quiso. Ya sé que me lo dijiste. Pero no me quiso bien. Te vuelvo a hablar más tarde. Tengo un nudo en la garganta. Hice algo muy malo, mamá, y no se puede resarcir.

Walter era un hombre artístico. Tenía ojos azules, aunque uno de ellos era marrón por aquella singularidad llamada heterocromía, que además es muy poco común. A mí me encantaba, le hacía único. Era alto, tan alto que se le doblaban ligeramente las rodillas cuando se reía mucho. Y perdió bastante peso últimamente, porque en sus años trabajando en el medio audiovisual no le fue tan bien como esperaba. La crisis afecta a todos. Walter se autodefinía como escritor y director. Yo siempre le traté como director, aunque es verdad que revisé alguno que otro de sus guiones cuando me lo pidió como ayuda. Y yo, loca de ilusión y devoción, me desvelé tantas veces haciendo las correcciones a sus historias para que las tuviese a primera hora del día después. Jamás me dio las gracias; de otro modo me acordaría. Tengo una memoria increíble, pero en su caso lo sé porque nunca tuvo detalles bonitos conmigo, como lo tendrían las personas normales. Yo solía justificarle con aquello de que culturalmente era distinto, aunque lo cierto es que actuaba de ese modo conmigo por elección propia. El problema fue que me di cuenta muy tarde, cuando ya intercambiábamos canciones de amor y acariciaba mis piernas en verano por debajo de mis vestidos, mientras se hacía el interesante delante de sus amigos durante las cenas. Ese era Walter, el director de cine.

La frialdad de su desprecio al teléfono la noche anterior me había perturbado al punto de volverme muda. Un dolor agudo y en diagonal me atravesó el sexo y la mente, dejándome casi sin respirar. No supe qué decir, no supe cómo calmarle esta vez. No pude encontrar un buen motivo para que no dejase de quererme. Así que colgué el teléfono y respiré hondo. Pensé varios minutos algo inteligente que decir, suavizar, recapacitar, replantear. Pero esta vez me salió el demonio que llevo dentro, precisamente por esas cuestiones culturales con las que Walter siempre sale excusado, y no me pude contener. Le envié un mensaje acusador. Le taché de narcisista barato, de cretino sin compasión, de aprovechador desalmado. Le acusé de no quererme en lo más mínimo. Y me fui a acostar. Me fui a acostar encendida e indignada, con los puños cerrados.

Dormí toda la noche, sin embargo. Apenas me di vueltas en la cama. Tuve frío, y pensé en los abrazos de Walter en invierno, pero seguí durmiendo. No soñé con nada que recuerde. Y esta mañana el insulto. A quemarropa, escueto y preciso. El puñetazo perfecto. Odio que siempre quiera tener la última palabra. Me amarga que no me haya querido al fin de cuentas, que no me buscase, que me despojase de sus abrazos y sus besos.

Me puse el abrigo sobre un vestido liviano; como dije antes, el otoño escocía la piel. Me subí al coche y conduje frenética. Ni siquiera recuerdo cómo llegué hasta su domicilio, sólo sé que aparqué justo frente a la escalinata principal y miré hacia la ventana abierta de la sala. Sabía que Walter casi nunca salía en las mañanas cuando necesitaba hacer arreglos a su último guion.

Golpeé la puerta decidida, dejando que el rencor del desamor y el insulto me llenasen la boca para no parecer floja y vulnerable. Al abrir se sorprendió de verme, estoy segura de que pensó que me había vuelto loca, tocar el timbre a esas horas después de habernos peleado así una vez más. Porque no era la primera vez que me hacía enojar y me defraudaba. Pero esta vez no pude más, no aguanté la ira. Entré directa al salón y rebusqué en mi bolso la pistola que mi padre me había regalado hacía años, cuando yo era una adolescente. Me la regaló simplemente porque me gustaba, como recuerdo y con la condición de que no la usase jamás, salvo para alguna emergencia. Era un arma manejable, de calibre treinta y dos, pequeña como mi mano entonces, y con un precioso adorno nacarado en la culata. Ahora se amoldaba a mi palma perfectamente, aunque mis manos siguen sin ser demasiado grandes, como el resto de mi cuerpo. Me detuve muy cerca de él y le apunté a un riñón. Sus ojos inarmónicos se abrieron desorbitados y en ese momento supe que me acusaba de paranoica con toda la razón del mundo. Estiró su brazo para contenerme, para intentar saber si estábamos los dos sumergidos en alguna de sus películas de terror. Yo respiré hondo y no derramé ni una lágrima. Balbuceó algo que no logré descifrar y noté su pulgar acariciando mis labios lentamente. Cerré los ojos, no quería mirar, quería sentirlo todo. A él y a sus caricias, a mis emociones encontradas. Quería ser consciente del infierno en que yo misma nos estaba enterrando, y para ello abracé la impotencia y la cólera de que todo esto ocurría porque él no me estaba queriendo como esperaba y tampoco existían indicios de un cambio de postura. Únicamente había atinado a insultarme, jamás fue capaz de otras reacciones. Así resolvió el destino de ambos, con una palabrota insulsa.

Abrí los ojos hastiada y disparé.

Walter soltó un suspiro rotundo, como esas veces que alcanzaba el orgasmo, como esas veces que llegaba al final de algo que había valido la pena. Sentí yo misma un cosquilleo a la altura del vientre, una especie de bienestar poco común. Fue cuando me ganó la rabia.

Ya en mi casa, tras la segunda taza de café, aflojé los hombros y observé mis manos. No temblaban. Repetí con mi propio pulgar el recorrido que horas antes había hecho el dedo de Walter en mi boca. No sentí nada. Observé la botella de whiskey sobre la mesada de la cocina, esperando a que la noche me abrazase lentamente. Es lo que hacía Walter para olvidarse del mundo y de mí. Bebía desde la puesta de la tarde, hundido en su viejo sillón.

Esta vez fue mi culpa. Manipulé los hechos y los nombres para que mi madre no se afligiese. Cambié las horas del día y distorsioné las palabras de Walter. De todos modos él siempre mentía. Y es que, como cualquier persona decente, necesito mantener mi reputación, necesito seguir siendo la chica buena y prolija con cara de niña que sale adelante, constantemente sonriendo, constantemente esforzándose. Necesito que el whiskey apague el tropiezo y la rabia, aquella rabia con mayúsculas. Necesito que esto ya no me importe, ahora que Walter ha muerto y que el invierno se acerca.

NIGROMANCIA

Paulina y Myriam se conocieron en edad adulta, por pura casualidad, y se quisieron para siempre. No de una manera romántica, pero sí de un modo tan estable, que el concepto de familia había adquirido con ellas una nueva dimensión. Tanto, que hasta los hermanos de ambas criaron celos a causa de esa reciprocidad. Celos y pataleos, con la consecuente envidia cada vez que posteaban en la web los regalos que se daban la una a la otra. Los años, claro, afianzaron la amistad, y las personas allegadas no tuvieron más remedio que aceptarlas de ese modo si querían tener una relación, del tipo que fuese, con alguna de ellas. Venían de a par y era imposible separarlas. Funcionaban como una suerte de extensión de la energía y la memoria. Eran el equipo perfecto. Y eran diametralmente opuestas. Provenían de países diferentes, con idiomas distintos. Sus ojos, su piel y su cabello ni siquiera tenían algo en común. Una era liberal, la otra más conservadora. Una era religiosa, la otra atea y seria. Pero las dos fantaseaban y reían.

A Paulina, por ejemplo, le gustaba la música y la lectura. A Myriam, el deporte y la conversación. A Paulina le atraían los hombres altos y robustos, de tez clara y ojos brillantes, con tendencia intelectual. A Myriam le cautivaba cualquier hombre que le demostrase amor verdadero y dedicación, con un trabajo seguro y preferencia por las familias numerosas.

Estudiaron juntas, vivieron juntas, lloraron juntas hasta que un día Paulina conoció a un profesor de universidad y se enamoró perdidamente. En un principio, Myriam y ella discutieron los pros y los contras de una relación amorosa interviniendo en su amistad, pero luego, por cariño, Myriam retrocedió y aceptó al profesor. Tras varios encuentros de borracheras y risas, el hombre se casó con su amiga Paulina, aunque ella no les despegaba su atenta mirada.

Cuando Paulina se mudó a la casa en las Hills, con su flamante marido, Myriam les ayudó a reordenar los muebles para que cupiesen en el apartamento de dos habitaciones y un solo baño ubicado en la calle Hamel Drive. Era una esquina silenciosa y familiar semejante a la sensación que generaba una habitación de hotel en la playa, desde donde se escucha música por debajo de la puerta. Una música clásica y uniforme, quizá con algunas guitarras flamencas. Myriam iba y venía con su camioneta a visitar a su aliada, quien la esperaba con café recién hecho y *croissants*.

Los primeros meses, incluso años, sólo fueron elogios y sonrisas, artículos académicos y amaneceres. Y junto a la progresiva felicidad de los recién casados, la amiga Myriam también reacomodó su vida y su situación sentimental. Se mudó a un apartamento de una habitación y colocó un sofá cama a la entrada, por si su amiga se quedaba a dormir alguna vez, o por si Myriam tenía visitas de su país de origen, lo que ocurría con frecuencia. También obtuvo un trabajo mejor pagado y finalmente conoció a un judío poco ortodoxo con quien hacía el amor los domingos, de mañana, cuando la ajetreada agenda de éste le daba un descanso.

Tras unos meses de lluvia y frío, el profesor amoroso comenzó a llegar a la casa cada vez más tarde, achacando las horas extras a las obligaciones académicas. Tiempo después comenzó a comentar, primero entre dientes, que la comida de Paulina estaba perdiendo poco a poco el sabor; hasta que un buen día su frustración llegó al máximo con un trabajo que no entregó a tiempo, rechazando abiertamente esa misma noche la cena de su mujer.

A los cuatro días, se emborrachó en su sofá y no le habló hasta el octavo día, que fue cuando perdió los nervios y le gritó de forma desquiciada. Paulina le acarició la cabeza y le besó la frente, y le preparó una sopa casera diciéndole que todo iba a estar bien, que era solamente una mala racha, que las cosas volverían a brillar como antes. Pero, muy en el fondo, el incidente la había golpeado, y la desilusión echaba raíces gruesas por debajo de las alfombras.

Una tarde de verano, Myriam encontró a Paulina preocupada y sin apetito. En vez de hacer café, como de costumbre, Myriam se puso de pie y preparó un té de jengibre.

—¿Estás segura de lo que me dices, Paulina?

—No. Pero de todos modos ya no es lo que era. Algo tuvo que haber ocurrido.

—Paulina, los profesores son todos un poco raros. Ya lo sabías de antes. Te dije que no te casaras y me dijiste que sólo ibas a probar y a mirar. Ya está hecho. ¿Bebe a menudo? He notado las botellas vacías.

—Últimamente.

—¿Y… en la cama?

—Se queda dormido a veces. Y fuma, me pone de los nervios que fume en la cama.

—Eso no tiene nada que ver. No digas disparates.

—Está bien, está bien. ¿Qué hacemos? Necesitamos una idea efectiva. La que sea, me da igual.

Tras una hora y media de deliberaciones a conciencia, y más té de jengibre, se despidieron con un abrazo. Myriam alentó a su amiga diciéndole que las cosas se solucionan de forma radical o no se arreglan nunca. Esa noche, Paulina soñó que su profesor la llevaba de vacaciones al Atlántico, y que le regalaba rosas amarillas mientras se besaban al atardecer.

La primera consulta a la sacerdotisa les había costado más de lo que habían estipulado, pero aún así continuaron adelante con el plan, que consistía en que alguien con los conocimientos suficientes practicase algún hechizo sobre el profesor para que este recuperase el interés y la buena voluntad. La sesión había ido bien, y los resultados se reflejaron de inmediato cuando el marido de Paulina la llevó a cenar a una marisquería esa misma noche.

Alentadas por la buena respuesta, Paulina y Myriam volvieron a pedir los favores de la sacerdotisa para que continuase la buena racha en el hogar. Pero una noche, mientras separaba por colores la ropa sucia, Paulina encontró una curiosa nota en el bolsillo del pantalón de su marido y supo, de forma certera, que una nueva mujer estaba involucrada en aquella trama.

Inmediatamente llamó a Myriam por teléfono.

—Es importante que estés segura, Paulina, de lo contrario no va a funcionar.

—Estoy completamente segura.

—Entonces mañana lo hacemos. Pero se acaba, Paulina. Esto se acaba. Luego no te puedes arrepentir.

—Pero no le va a doler, ¿verdad?

—¡Ay no! Por supuesto que no, ni se va a enterar. Bueno, sí se va a enterar, pero es mínimo, te lo aseguro. Salvo por la autoestima… De eso no se salva. ¡Cabrón!

La sacerdotisa les cobró una mitad antes del trabajo y la otra tras comprobarse el beneficio de la magia. Myriam realizó las transacciones. De acuerdo con lo pactado, el hechizo serviría para que el profesor sufriese de impotencia cada vez que pensase en tener algún encuentro con una mujer que no fuese Paulina. «No, mejor que sea siempre, con todas. Conmigo también. Quiero que transpire», le había pedido Paulina luego a la sacerdotisa. Ésta se lo concedió. Días después, Paulina comprobó la frustración causada por el hechizo en el cuerpo de su marido, y rió sin sentir vergüenza mientras éste encendía un cigarrillo y se secaba el sudor con una toalla de mano. «No lo entiendo», repetía alterado y confuso. Cada vez que hacía un comentario, Paulina reía más y más, hasta caerse de espaldas, desnuda, sobre la moqueta de la habitación.

Tras las carcajadas llegó el divorcio, y Myriam ayudó a su amiga a empacar sus pertenencias para transportarlas desde la calle Hamel Drive en las Hills hasta el apartamento con el sofá cama en West Hollywood. La camioneta de Myriam se llenó con la ropa y la venganza de Paulina, quien, una vez superados el disgusto y la rabia, hizo un curso especial para volverse ella misma sacerdotisa, y así poder ayudar a su amiga Myriam con el amante judío, para que al menos sus encuentros amorosos fuesen no solamente los domingos sino también los sábados. Cuando se graduó, y como último acto de caridad, le devolvió al exmarido la posibilidad de disfrutar de su cuerpo (eso sí, sin poder tener descendencia).

En el aniversario número diez de su amistad imperecedera, ambas mujeres inauguraron su propia clínica para ayudar a personas frustradas en el trabajo y en el amor. Para las enfermedades, desde luego, seguían prefiriendo la medicina tradicional. Se mudaron juntas a un apartamento de dos habitaciones y dos baños, en el límite entre West Hollywood y Beverly Hills. Myriam conservó su antigua camioneta por motivos sentimentales, y Paulina compró un coche nuevo. Compartían café y *croissants* cada tarde. Ahora Paulina y Myriam practicaban brujería profesional, como históricamente lo habían hecho sus antecesoras, según narran los libros y los hombres repudiados. La practicaban porque, como todas aquellas mujeres desde épocas inmemorables, la magia residía en algún lugar de su ácido desoxirribonucleico. Habían decidido que nadie se interpondría más en la amistad que las conectaba, ni novios judíos ni amantes académicos. Tampoco la familia, con aquellas pataletas de celos cuando se trataba de los etiquetados en las redes sociales o los regalos que se enviaban durante las fiestas.

SUBORDINADA CIRCUNSTANCIAL

¿Te acordás de aquella frase, más bien pregunta, que me hiciste hace tiempo, mientras duró mi exilio intencional en esos dominios solitarios y flamantes? Sí, era en una de esas varias cartas con sellos baratos que nos enviamos cada mes, a modo de tertulia tímida y prudente, pero con colores íntimos y subjetivos (aunque nunca te atreviste a tanto ni yo tampoco), donde me preguntaste en la posdata, como rogando una confesión, si estaba enamorada de alguien; ahora te cuento, ya que el tiempo me lavó la frente y los ojos, te cuento que me dio mucha risa leer esa frase estampada con tinta vieja, donde tu duda simulaba una confidencialidad inocente que me llagaba la piel; una inconsciencia de tu parte porque de haberte dicho la verdad, de haber emergido de mi traje ridículo para referirte mi dolencia, mi desazón y mis ganas locas de un contacto con las manos tuyas, o tu boca, o lo que fuera, me daba lo mismo un pañuelo que una corbata, pero algo tuyo que fuera manifiesto, entonces hubieras huido sin decir nada, deslizándote entre tus años y tu trabajo, la responsabilidad de un esposo y la incapacidad de mi juventud; pero en ese entonces te hubiese vociferado desde lejos, hubiera arañado el velo que oscurecía tus ojos con tal de sentirme redimida y feliz de extirparte de mis venas de una vez para siempre y suprimir (porque ya te comenté que no creo en el olvido) tu apellido de mis días al decirte que esa respuesta era tan obvia y tan tonta como la misma pregunta tuya, era un círculo cerrado; si serás bobo, nunca te diste cuenta de nada; si serás bobo, te lo respondí mil veces en versos torcidos y enunciados célebres a base de subordinadas circunstanciales y objetos indirectos; ahora, con los años, se me ocurre pensar, mirá qué estupidez la mía, pensar que tal vez la pregunta era insinuante y en realidad lo que pretendías era corroborar una idea que ya habías intuido, o incluso saciar tu ego masculino y maduro con un *sí* bajito y sin experiencia de alguien que nunca tuvo el valor de confesar lo que sintió con tanto ímpetu, con tal de hacer un bien y ocultar la verdad de toda una juventud junto al deseo truncado de sexo contigo; pero esto vino a cuento en esta tarde sofocante de un verano indiferente nuevamente lejos de mi casa y de vos, ya sin rencores y sin ansias, solamente con una tenue reminiscencia pasajera de una existencia que dejo atrás y una postal que jamás contestaste, y entonces la duda me atravesó las sienes como una aguja caliente para devolverte la misma aguja, esta vez con tono jocoso y melancólico, y saber si en realidad vos querías que mi respuesta fuese afirmativa y coincidiera mi nombre con el tuyo. ¿Te acordás de la oración, más bien de la pregunta?

—¿Estás enamorada? —indagaste.

Fue de vos.

TODO LO QUE DEBE MORIR

El semáforo se puso en verde para cruzar la calle. Caminé despacio, cuando algo se desacomodó a la altura de mi vientre. Muy adentro, entre las tripas, dándome un retortijón. Mi cara se torció en una mueca.

Se me figuró la avenida más larga del mundo, donde era necesario disponer de años para llegar al otro lado. Calculé mentalmente para sacar las cuentas mientras avanzaba. Hacía exactamente cuatro años y tres meses que comprendí que lo mejor de mi vida había desaparecido. Esa clase de certezas que iluminan una habitación entera, o ponen un semáforo en verde, o te dan un retortijón. Así de rápido, así de tremendo, se pasó mi felicidad plena. Esa felicidad que sueñan las niñas desde los siete años, con rayos de sol y vestidos blancos de encaje, *hippies*. Con niñitos correteando en un prado verde y el océano de fondo mientras escuchas alguna canción de Lana del Rey, y aquellos ojos hermosos y pupilas dilatadas te hacen el amor en una playa a la que nunca fuiste. Y de pronto, con un calambre, el universo exponía claramente lo que debe morir. Los ciclos omnipotentes de la vida y el desarrollo. Las fases tremebundas de las relaciones. Las mías.

Se me ocurrió pensar que esas fases tenían su origen en Adán y Eva, cuando el Universo fue creado. Y comparé a Eva con la vida de las mujeres, todas, y entendí con aquél calambre lo que ella misma debió sentir, cuando la expulsaron del Paraíso por culpa de Adán al ir con la queja de la manzana a Dios. Aunque el tema de la manzana mordida fue un invento posterior para estigmatizar a las mujeres y al sexo; es cuestión de googlearlo. La iglesia nunca quiso a las mujeres, y Adán siempre ha sido un resentido. Con lo cual las mujeres y Eva han quedado mal peinadas en las fotos para toda la eternidad.

En mi caso, aún quedaban fotos en color y blanco y negro,

junto a un recuerdo borroso de esas ganas y de aquella realidad que a veces creo que soñé durante un día de lluvia, en el décimo piso del apartamento de mis padres, allá en Montevideo cuando niña. Dulce recuerdo, eso sí. Donde la dicha consistía en cosas que recorrí con los dedos, y ahora rebuscaba a través de la memoria con el afán de revivirlas por última vez, mientras cruzaba la calle.

Mi felicidad quedaba lejos de Montevideo, sin embargo. Como aquellas noches de vodka-lima y tequila barato con coca, en casa de mi amiga Carmina, mientras Francis sacaba fotos a troche y moche en una época de felicidad y turbulencia. Y donde bailábamos extasiados los tres, al ritmo de la música de Haim. Fue la primera vez que sentí el éxtasis con el tacto de otra piel, tras el roce imprevisto del brazo de Francis con el mío. Fue la primera vez que pensé darle mis hijos a un hombre sobre la faz de la tierra. Y eso que nunca fui muy maternal.

Carmina lo llamó magia. Yo entendí que era una combinación equilibrada de deseo y felicidad. El ciclo inequívoco del despertar a la madurez y la muerte. El entender, de una vez y para siempre, que la vida se trata de elección en los momentos adecuados, y que no existen los fracasos, sino las circunstancias desfavorables. Nada conlleva al error y, sin embargo, siempre nos sentimos fracasados en alguna instancia. Como mi historia con Francis.

Mi amiga Carmina, en cambio, siempre sueña con un futuro de final feliz. Ella piensa que a nuestra edad el amor es todavía factible. Pero no se refiere a cualquier tipo de querencia, sino a una semejante a las películas de Hollywood, donde se vive feliz para siempre. Yo le repito, con cierto cansancio, que la felicidad no existe, al menos ya no para mí, y que a veces lo que llamamos felicidad se confunde rápidamente con complacencia. Sentirse cómodo implica una suerte de placidez incipiente. Pero los momentos felices son más extremos, son el absoluto concentrado en un suspiro moribundo. Son el Aleph para Jorge Luis Borges, o el colapso de una estrella enana blanca antes de convertirse en agujero negro. Pero Carmina insiste.

—Mija, tú porque eres terca. Todavía te quedan un par de años para decidirte —sentencia con su acento del DF. Y nos echamos a reír a carcajadas, después de contar años con los dedos de una mano.

Carmina es mi mejor amiga. La conozco desde hace también cuatro años; desde que conocí a Francis.

—Ya no, Carmi, ya no tiene sentido. ¿Con quién? —y antes de que me lo nombre, continúo la frase para evitar la puntada —: Ya me conocés. Hay cosas que una tiene que asumir a estas alturas. No me importa, la verdad.

Y ella no vuelve a hacer comentarios. Carmina aprendió a ver a través de mis ojos, y no necesita preguntar para saber cuándo dejar de insistir. Como solía hacer Francis, cuando me sentaba en sus piernas y nos mirábamos a los ojos sin mediar palabra. Nos quedábamos así más de veinte minutos y la sensación era tan sedante como angustiosa. Era cuando no aguantaba más la extrema felicidad de compartir las moléculas de su universo con el mío, que yo rompía a llorar como una niña desconsolada a punto de ser desatendida. Pero Francis lo entendía todo, claro que lo entendía. Aunque a veces el idioma nos rompiera un poco la comunión. Uno quiere más fácil en su idioma materno. Hasta se llora más fácil. Insultar y despotricar vendría a ser la mejor parte, pese a que el otro sólo entiende los ademanes y alguna palabrota globalizada.

Los dos sabíamos por qué lloraba yo, y si bien él se quedaba en silencio y sorbía sus propias ganas de acompañar el llanto, sus padres le habían entrenado para no quejarse. Considero a ese tipo de represión un entrenamiento casi militar. Pero Francis ya no sabía ser de otra manera. Así que se mantenía quieto, viéndome llorar por los dos. La conexión era única, confiada y feliz. Por sobre todas las cosas, feliz.

El llanto tenía que ver con la clarividencia. Tanto él como yo éramos plenamente conscientes de que la relación tenía fecha de caducidad. Y que no había absolutamente nada que se pudiese hacer para interferir en el destino. Una expulsión asegurada de aquél paraíso, una mañana en el estacionamiento, cuando nos despedimos a pleno sol y él se alejaba en su coche azul dejando tan sólo un agujero negro detrás, que comenzaría a succionar recuerdos, sonrisas y las fotos a color.

El tiempo y la felicidad se miran de reojo, pero nunca se dan la mano. El tiempo es eterno, la felicidad caduca. Aunque el primero termina dándote estabilidad y reseteando la memoria de lo que más duele. O distorsionándola para que uno pueda seguir caminando. Es un acuerdo justo. Yo me quedé satisfecha con el paso del tiempo, tras la pérdida de cierto dolor y la *saudade*. Empecé a mirar la vida de otro modo, a moverme con más entereza, más estable. Con la seguridad que únicamente te brinda el haber sufrido por amor. Una se vuelve más sabia, más quisquillosa y risueña. Pocas cosas te asustan o te hacen palpitar. Es más sano, valga la contradicción, y una se siente más madura. Al menos recuperé algunas certezas, como que ya no tendría hijos, porque no serían los de Francis. O que tampoco fumaría porros mientras bailaba música de *rock 'n' roll* en la habitación deteriorada de mi amiga Carmina, al son de los disparos de la cámara de Francis, quien reía a carcajadas en mi memoria. O que ya no volvería a jugar a que la lava nos impedía bajarnos de las inmediaciones de la cama, y había que resistir el ataque de cosquillas.

Supongo que Francis también maduró, y con él los ángulos de sus fotografías. Se llevó todo consigo, a ese país que lo absorbió por completo, que lo apartó de la realidad y de mí. Donde no llega ni la señal de los teléfonos móviles. Me gustaba imaginarlo en una granja que habría comprado con el dinero de sus padres. Una granja perdida en algún poblado africano, que cuidaría con la ayuda de los locales hacendosos, mientras daba órdenes con su acento norteño. Barbudo y de sandalias gastadas, con sus bermudas caídos, entre lentes de cámaras fotográficas que obtendría esas pocas veces al año que volvía a la civilización. Siempre estuvo enamorado de África, su fotografía lo define claramente. En realidad no fue cosa del tiempo, que Francis no se acordase nunca más de mí, sino que era culpa de lo lejos que estaba, y de lo tupida que era la selva, que la tecnología lo había aislado para siempre de la ciudad y de mí. «No puede, no hay internet», repetía yo confiada y sonriente a todo el que alguna vez, hace años, me preguntaba por él y su paradero. Aunque ahora ya no fuese capaz de recordar ni su voz, salvo por el matiz de la masculinidad. Dicen que es lo primero que se olvida de los seres queridos. Tampoco siento lástima.

Alcancé la acera de enfrente justo cuando los motores comenzaron a rugir sobre la línea de detención y noté que la luz del semáforo se había puesto en verde para ellos. Iba tan sumida en mis certezas, que apenas me dio tiempo a percatarme de una niña que me contemplaba con cara de pocos amigos, casi enojada, mientras daba la mano a su madre, esperando para poder cruzar la calle. Me inspiró ternura, aunque evidentemente el sentimiento distaba mucho de ser mutuo. De algún modo me vi reflejada en ella, o en su madre, superficialmente feliz. Porque ya habíamos quedado en que la felicidad es limitada. A mí aquella certidumbre de su expiración me había hecho disfrutarla al máximo. Tanto, que las veces que diviso por la calle a este tipo de familias empalagosas estoy convencida de que carecen del conocimiento necesario, de las vivencias y sensaciones para llegar a la verdadera felicidad, para alcanzarla. Y me pongo a lagrimear entre carcajeos. Obviamente, me refiero a la felicidad con mayúscula, sin metáforas. Y no dejo de llorar como solía hacerlo sentada en las piernas de Francis antes de que decidiese retirarse a vivir al África; con la salvedad de que la gente que nunca ha alcanzado la felicidad no puede entendernos ni a mi llanto ni a mí.

EQUILIBRANDO RUTINAS

Observar las acciones ajenas para con él le provocaba una risa aguda, esquizofrénica y estridente. Como una furia relajada e íntima que se revelaba únicamente a través de unos ojos diabólicos al reconocer lo poco significativa que era su existencia entre las personas de siempre. No había día, mes o año que no se hubiese considerado un paria. Se entretenía contando los coches del mismo color, o adivinando en voz alta las preguntas que los participantes de *Quiere ser millonario* no lograban descifrar. Calculaba los días que quedaban en el almanaque para Semana Santa y para Navidades, incluso para su cumpleaños. Observaba a los niños que le miraban con curiosidad y descaro. Y caminaba. Caminaba cada día hasta la parada del autobús. Odiaba los autobuses. Solía apagar la rabia del mundo masticando trozos de cebollas enteras y crudas que devoraba de a poco. Sólo el olor de la cebolla le aplacaba levemente el ánimo, y al rozar con los incisivos sus resbaladizas e hirsutas capas transparentes, esperaba que la sustancia traslúcida y viscosa pasara a su lengua. Funcionaba como una suerte de autocastigo. Combatir el fuego con fuego, o la rabia con rabia, o la cebolla con...

En realidad, miraba y participaba del mundo circundante con un patetismo extremo. Era tan obvio el sentirse maltratado por omisión. Si no te ven, no cuentas. Si no cuentas, no existes, y de ese modo te vuelves miserable.

Ahora la lluvia golpeaba maciza sobre los cristales de las casas feúchas de la ciudad y debía disponerse para ir a trabajar como cada mañana. El hecho de mojarse los zapatos lustrados a mano y el gabán planchado le revestían de una extraña languidez. Intentaba no mortificarse por aquellos acontecimientos que no era capaz de controlar. Jamás, por ejemplo, por el hecho de llegar empapado a la oficina, sin poder cambiarse por nueve o diez horas de corrido hasta volver a casa, a eso de las nueve de la noche. Aunque generalmente era un poco antes. Su jefe le dejaba volver temprano. Le venía bien esa clase de benevolencia ridícula pero práctica. Necesitaba otros cuarenta minutos de trayecto al regresar. Aquello resultaba en más horas con los pies mojados. Al día siguiente, un resfrío, una tarde insoportable con un sinfín de pañuelos arrugados y calmantes y analgésicos para el aparato respiratorio. La sequedad en la garganta, con ese dejo a puntada fría, era lo peor. Pero todos los hombres se resfrían en invierno. Los que van en coche también, a veces. Un poco menos, desde luego. Él no paraba de rascarse los tobillos cuando tenía los pies mojados.

Avisó al chofer del autobús que la próxima era su parada. Esperó ansioso y cansado. Los pies aún chirriaban en la suela de sus zapatos al frotar las húmedas medias con los dedos constreñidos. Pensó que unos zapatos nuevos no estarían del todo mal. Necesitaba darse un gusto urgente, aunque fuese más bien por necesidad. Todo el mundo lo hacía. Darse gustos. Y a estos zapatos ya los había lustrado en noventa y siete oportunidades. Era más que suficiente.

Las calles estaban poco iluminadas y los autos mermaban su frenesí. Familias felices, hijos, mujeres, maridos, incluso nietos. Llegar a casa a los brazos de una amante tibia y sedosa, besarla, abrazarla, contarle por qué odiaba tanto a su compañero de trabajo, que se burlaba de las madres demasiado gordas y él, que adoraba a la suya. Cretino desamorado. Hay que amar a tu cuerpo tal y como es. Ella le contemplaría, le ayudaría a ponerse cómodo, ropa limpia y seca, algo que comer, y planear alguna escapada para el 12 de octubre, cuando Colón nos conquistó. Y ella a él.

Caminó a paso ligero. Su fisonomía le reclamaba también atención. Parecía que, a fin de cuentas, vivía a disposición de todo el mundo menos de su voluntad. Buscó la llave, esta vez más lento, en el bolsillo calado de su gabán, y un tintineo a metales le animó. Abrió y encendió la luz de la entrada con un gesto repetido, se quitó los zapatos. Caminó en puntillas hasta el baño y colgó en una percha su abrigo. Siempre era bueno llegar a casa.

Después de secar sus pies y caminar hasta la cocina, encendió la radio en busca de alguna melodía en sílabas extranjeras. Rebuscó en la heladera, pero sólo había fruta y leche. ¿Dónde había puesto aquello que le hacía falta? Estaba convencido de que había guardado alguna mitad, siempre lo hacía. La encontró un poco después, envuelta en un trozo de nylon del día anterior, y la miró con detenimiento, haciéndola girar en su mano como si fuese un juguete. Volvió a cerrar la heladera con el codo y apagó su rabia con el primer mordisco a la cebolla de jugo espeso. Suspiró con cierta calma, hasta que el fastidio estomacal y las arcadas empezaron a atacarle otra vez. Pero continuó masticando frenético.

MARIOLA Y EL JAZZ

La noticia del casamiento de su exmujer sentó a Derek como una patada en el estómago. Fue su hija menor, Sarah, quien una mañana de domingo le llamó para decirle que ninguna de las hermanas podría pasar las Navidades con él este año porque su madre se casaría a mediados de diciembre, en una de las maravillosas playas de la costa mexicana. Derek necesitó toser al menos dos veces para asimilar la información y volver a respirar.

—¿México? —atinó a soltar de forma incrédula.

—Sí, papá. México. Mamá invitó a toda su familia.

—Veo que las cosas le están yendo estupendamente a tu madre.

Hacía años que la paciencia de Derek se había resentido con respecto a su ex, y desde luego no tenía interés en disimularlo.

—Como sea. No vamos a bajar hasta Los Ángeles para Navidades. Te quiero, papá. Tranquilo que va a estar todo bien. Un beso.

—Adiós, cariño. Salúdame a tus hermanas.

Hacía más de cinco años que Derek se había separado oficialmente de su mujer y aún sentía una rabia incontrolable cada vez que la recordaba. Cinco años sin contar otro par a causa de la separación voluntaria, y de mutuo acuerdo, cuando se había mudado al pequeño apartamento, a unas cuadras de la casa familiar. Hasta ahí, todo apacible. Un día, sin embargo, su mujer hizo cuentas y decidió que le venía mejor demandarle por divorcio no sólo en California, sino también en el estado de donde ella era oriunda, más hacia el este. La batalla campal para Derek comenzó cuando su mujer empezó a salir con un abogado especialista en divorcios que le llenó la cabeza de premisas en contra suyo. Él sólo había querido quedarse con las niñas. Adoraba a sus hijas, pero tras varios años de disputas y un total de noventa mil dólares gastados, Derek terminó con dos coches usados y sin ellas. El resto se vendió todo. Y por supuesto, su mujer se cambió de estado para estar más cerca de sus progenitores. Ahora a Derek le tocaban las navidades. Pero las niñas se hacían mayores y poco a poco iban perdiendo el interés en visitar a su padre. Derek intentaba todo con tal de entretenerlas cada vez que se veían, pero ni así. La vida adulta y solitaria de un productor cincuentón de música poco interesaba a tres hijas adolescentes. Sarah, la pequeña, parecía ser la más piadosa con su padre, llamándole por teléfono una vez a la semana.

Trevor Ferguson se sentó en una butaca alta del salón, observando cómo su amigo Derek le servía cuidadosamente la cerveza en un vaso especialmente diseñado para mantener la cantidad de espuma adecuada.

—Entonces se casa. ¿Cómo te sienta eso? —dijo Trevor estirando el brazo para alcanzar su cerveza por encima de la barra.

—Corrijo, se *vuelve* a casar. Son cosas diferentes.

—Te molesta.

—¡Por supuesto que no! Agradezco que venga un suicida a ver si me deja a mí tranquilo de una vez. Porque hay que ser energúmeno para casarse con esa mujer. Y que rece para que no le pida el divorcio a él en unos años, sacándole hasta el último céntimo.

—No se van a divorciar. Tenemos cierta edad…

—Con Cristina nunca se sabe. ¡México! Se van a casar a la playa y, para colmo, ella invita a la familia. Se ha llevado todo, mis hijas, mi apellido, mi perro… todo. Y ahora resulta que se enamora de nuevo y que al tipejo éste le paga un casamiento en un país exótico. Cuando estábamos juntos, Cristina nunca quiso trabajar. Yo le pagué la carrera, los caprichos, le compré aretes de diamantes… Hasta me dijo Sarah que su madre últimamente trabaja encantada los fines de semana para mantener al secretario éste. ¡Fines de semana!

—No es secretario, trabaja para una firma de abogados. ¿Quieres que revise las cantidades de manutención? Tus hijas ya están grandes… Igual podemos llegar a un nuevo acuerdo.

Ahora Cristina forma otro hogar, hay más ingresos.

—¡Que se quite mi apellido quiero! Mejor ni pienso. Cuando Sarah tenga la mayoría de edad, corto todo y me voy a la mierda. Lejos. Bien lejos. A morir solo a París. Siempre me ha gustado París.

—Mejor se me ocurre que podrías venir el jueves a casa, es el día que van las amigas de mi mujer. Una especie de *girls' night*, pero por la tarde.

—¿Yo? No, no. Y ¿para qué? Estás loco.

—¿Cómo que para qué? Para conocer a alguien. Hay varias divorciadas muy guapas.

—Trevor, ya te dije que yo no sirvo para esas cosas. Además, ya sabes cómo pienso. Si puedo tener a una mujer más joven que yo, inteligente y atractiva, preferiblemente sin hijos, mucho mejor. Las mujeres con más de cuarenta y cinco años no se me dan bien. Ya tienen manías propias, y estoy harto de los dramas.

—Sólo te digo que vengas. Ana me comentó que va a estar en la reunión una chica joven, de esas que te encantan. Es escritora, o periodista… Bueno, escribe. A ti te chiflan las intelectuales.

—¿Cuántos años tiene, dices?

—Treinta y siete, creo. Mariola, se llama. Es italiana.

—Bueno, voy un rato y nada más. Decimos que tenemos una reunión y yo aprovecho para saludar. En una de esas tienes razón y me hace bien conocer gente nueva. Así cuando vengan las niñas no me ven tan solitario. Imagínate la cara de Cristina cuando Sarah le cuente que su padre sale con una escritora trece años más joven. ¿Te alcanzo otra cerveza?

Trevor había conocido a Derek en un despacho de abogados hacía años. De hecho, Trevor había sido el ayudante en su trámite de divorcio, y a raíz de aquello, comenzaron a compartir cervezas y bromas luego de cada audiencia, hasta que finalmente se volvieron buenos amigos. Ahora Trevor era el abogado personal de Derek y le llevaba tanto lo referente a su dinero y sus contratos de trabajo en la productora discográfica como sus asuntos familiares. Trevor era un hombre de porte humilde y trabajador al que todo el mundo parecía querer. Y no tenía problemas de dinero. Derek, en cambio, sólo disponía de los Ferguson como amigos. Su divorcio le había dejado sin dinero y sin aliento. Había tenido una especie de relación pasajera con una aspirante a modelo hacía unos años, pero cuando ella comenzó a encariñarse demasiado, Derek cortó por lo sano y le dijo que él ya no tenía interés en formar otra familia. La chica aceptó sin rechistar y ahora únicamente se saludaban para las fechas de cumpleaños, si acaso.

Derek dio un abrazo a Ana y saludó una a una a sus amigas. Eran siete mujeres de unos cincuenta años, bien vestidas y con buen olor. Su media sonrisa aún tenía efecto entre las féminas. Todas dejaron de cuchichear cuando Ana les presentó al famoso productor.

—Derek, puedes sentarte un ratito con nosotras antes de tu reunión con Trevor. ¿Te sirvo un té? —le dijo Ana con un guiño. Al parecer la relación entre ella y su marido gozaba de buena salud, ya que seguían contándoselo todo.

Derek se acomodó las mangas de la camisa cuando vio entrar por la puerta a su amigo acompañado de una preciosa joven de cabello ondulado y largas pestañas. Entraron riendo.

—Querida, éste es mi amigo Derek Londry, es productor musical.

Mariola le observó atentamente a los ojos y sonrió con calidez, estirando la mano para saludarle.

—Qué fue lo último que produjo, señor Londry, si se puede saber.

Derek y Trevor quedaron estupefactos. Trevor observó los cordones de sus zapatos lustrosos en silencio, mientras Derek parpadeó atónito.

—Jazz. Me especializo en jazz.

—Alguien que ama la música, al parecer.

Luego Mariola buscó con la mirada a la anfitriona de la casa y se disculpó mientras se alejaba para encontrarse con ella.

Derek sintió que su corazón se tropezaba y tuvo que toser dos veces. Mariola era un nombre de por sí musical. Rimaba con una cantidad de cosas tontas y a él le atraía. Además, su piel era tersa y suave. Aquella noche, entre trago y trago, Derek no pudo evitar imaginar sus manos por debajo de la blusa de Mariola, la periodista.

Al cabo de una semana, Derek recibió una llamada telefónica de Mariola para invitarle a tomar una copa. «Un día de semana, que hay menos gente en los bares», le había dicho. A Derek le gustaba la idea de que las mujeres lo buscasen a él. De hecho, era lo que más le entusiasmaba de la época moderna y tecnológica en la que a veces se encontraba perdido. En sus años adolescentes, había tenido que partirse el alma intentando que las chicas aceptasen sus coqueteos y sus proposiciones, la mayor parte de las veces indecentes. Ahora que había llegado al medio siglo, prefería que fueran las féminas más jóvenes las que se deshiciesen en halagos e invitaciones. Él sólo se encargaría de cumplir y de pagar la cuenta. Al menos la primera vez. Una buena impresión es digna de un caballero, y los caballeros son atemporales. A lo que aún no se acostumbraba del todo era a los mensajes de texto, porque se prestaban para malas interpretaciones o tonos agresivos.

—¿Entonces eres periodista, Mariola? —preguntó suavemente mientras cenaban en uno de los restaurantes más de moda de la ciudad.

—Corresponsal de guerra. Pero ahora estoy de año sabático. Cuéntame de tus hijos. Ana me dijo que tienes tres.

Mariola le atraía cada vez más, como a cualquier hombre a quien hacen hablar de sí mismo. Ser el centro de atención de una preciosa italiana no ocurría frecuentemente.

—Tengo tres hijas adolescentes. Tú eres joven…

Mariola suspiró y se miró los dedos desnudos de sus manos, frotándoselos nerviosamente.

—En realidad me estoy separando. Y no tengo hijos. Sé que ibas a preguntar algo por el estilo, así que te ahorro la molestia. Mi vida es bastante complicada, incluyendo mi trabajo, pero me encanta y no pienso dejarlo nunca, hasta que me metan una bala en la cabeza. Tampoco me interesan las relaciones formales de pareja de momento, por razones obvias. Técnicamente aún tengo un marido, pero me encantaría volver a verte, si estás de acuerdo.

Derek tosió tres veces y dio un sorbo a su copa de vino para poder digerir. Cada vez le gustaba más, pero le contagió un miedo tremendo. Mariola no era una mujer de las que se quedan quietas ni calladas. Era, en cambio, de las que siempre quieren estar encima durante el sexo. Se encogió de hombros mientras la imaginó sin ropa sobre él. Ella sorbió su vino sin dejar de mirarle a los ojos.

La segunda vez que se encontraron había sido para tomar un café. Recién al tercer encuentro, finalmente, se acostaron. Fue un sexo dulce y práctico, lleno de risas y jadeos. Derek intentó estar a la altura y agasajar a Mariola con toda la experiencia que llevaba a sus espaldas. Ella le respondió con desafíos nuevos y besos tiernos. Los dos lo disfrutaron, y Derek se quedó prendado de aquella corresponsal de guerra. Tanto fue el interés que, volviendo a sentirse como si tuviese veinte años, tuvo el coraje de enviarle un mensaje de texto al día siguiente con un *emoji* de corazón que delataba su estado anímico: «No dejo de pensar en ti. Mierda.» A lo que Mariola, siempre concisa, atendió escuetamente con un simple «Encantador», mientras preparaba la lasaña que cenaría con su aún técnicamente marido.

Las conversaciones y los intercambios continuaron entre los dos varias semanas, mientras Trevor le escuchaba repetir a Derek que ahora tenía dos amores, Mariola y el jazz. Trevor se carcajeaba, y le preguntaba insidioso por sus hijas. Su amigo respondía nervioso diciendo que esos amores eran implícitos, que no contaban. O, mejor dicho, que contaban siempre y por encima de todo.

Un día Sarah y Mariola se conocieron por Skype, mientras el padre y la hija intercambiaban notas sobre un nuevo grupo de jazz en el que Derek se había interesado. A Sarah le encantaba la música y parecía haber heredado el oído de su padre, así que ambos descubrieron en aquello un punto de unión. Mariola los encontraba encantadores, mientras les observaba embelesada. La noche de la charla por internet, Derek tuvo sueños extáticos con la cara de su exmujer cuando Sarah le fuese con el chisme. Su solitario padre al fin estaba saliendo con una preciosa periodista.

Una noche, sin embargo, discutieron. Mariola lo acusó de decirle cómo tenía que comportarse. Algo que le hacía enfurecer rápidamente. Nadie le daba órdenes justo a ella, que había estado en la línea de fuego. Y Derek era incapaz de reconocer sus errores o de pedir disculpas. Entonces, se defendió sacando a la luz sus frustraciones.

—¡Eres tan cabeza dura como mi mujer! ¡Por eso me separé!

En realidad había sido Cristina quien le pidió el divorcio. Y evidentemente a él aún le costaba hacerse a la idea de que a esta altura se trataba de la mujer de otro.

Mariola lo miró con ojos asesinos. A una pareja actual jamás se la puede comparar con una anterior. Mucho menos con la madre de tus hijos. Y ni qué hablar si la actual no tiene hijos propios. ¿De qué la estaba acusando exactamente? ¿De no ser suficiente mujer o de no ser su ex misma? En ese preciso instante, Derek gritó rotundo que si las cosas no se hacían a su modo, entonces no se harían. Y se lo dejó bien claro a Mariola, quien aguantaba las lágrimas como buena corresponsal de guerra. «Como yo digo, o nada», le había desafiado. Así que después de escucharle vociferar sus nuevas normas como si de reprender a unos hijos se tratase, Mariola hizo una pausa breve y con una apabullante claridad contestó mientras recogía su bolso para marcharse:

—Nada, entonces.

En ese momento, Mariola decidió evitarlo hasta que Derek intentase, al menos una vez, enmendar sus errores. Esperaría las disculpas, o no volvería a verle jamás. Derek posteriormente intentó llamarla, enviarle algunos textos, pero jamás obtuvo una respuesta. En realidad comprendió que él le había dado a elegir y ella había tomado una decisión. Eso, o se estaba haciendo la difícil. A Derek le dolió la barriga y el alma un par de semanas, y habló mal de Mariola a Sarah y a Trevor, quienes lo escuchaban conscientes de que lo que decía era fruto de su despecho, sabiendo que Derek finalmente se había vuelto a enamorar, a su modo, de forma tosca y altiva. Así que lo escuchaban en silencio, casi con lástima, hasta que Derek se cansaba de quejarse.

—«Nada.» ¿Puedes creer a la mocosa? «Nada.»

Trevor se estiró sobre la encimera de la cocina y atrajo el vaso con cerveza recién servido. Dio un sorbo largo, disfrutándolo. Había escuchado la misma historia más de veinte veces, pero su amigo le daba pena.

—La culpa es tuya, Derek, por hacerte el listo.

—Tú no entiendes. Una niñata no va a enseñarme a mí como tratar a mi ex, con la de problemas que tengo yo ahora.

—Esa niñata es corresponsal de guerra.

—Da igual.

—No, no da igual. Es una mujer que sabe lo que quiere. Y la has subestimado. Cómo se te ocurre compararla con tu ex y retarla como a una de tus hijas...

—Yo no la comparé... Las mujeres están todas locas.

—Hablando de locas, ¿cómo estuvo la boda en México, has sabido algo?

—La boda no lo sé, pero Cristina ahora trabaja los fines de semana para mantenerlo a él. ¡Hasta cocinero tienen! Y yo tengo que pasarle dinero cada mes como un cronómetro o me crujen los abogados.

—Bueno, tranquilo, hombre. Mira, date una vuelta el martes por la casa para que te entregue el cheque que te envió la asociación. Algo es algo. De paso, hablas con las amigas de Ana, te distraes un rato. Te adoran. Eres como el gallo del corral.

—¿Mariola va a venir?

—Mariola no quiere verte, ya te dije.

—Nada, entonces. ¿Quieres otra cerveza?

LA VISITA

Te invito a mi casa. A tomar un café, sólo eso. Un café a la tarde para hablar de libros y películas, para que no pienses cosas absurdas, como que pretendo enamorarte, seducirte y atraparte con algún arte antiguo. De todos modos lo nuestro no es ninguna novedad. Me interesa que vengas y eches un vistazo mientras preparo el agua para el café y elijo las tazas cuidadosamente. Vas a pensar que es un poco todo al azar y a botepronto, pero te estuve esperando, durante años. Para que entres y tomes asiento, para que veas cómo soy, quién soy, de dónde vengo. Quería enseñarte mi casa. Cómo está adornada, cuáles son mis gustos, mi estilo, mi nivel económico. Quería hacerte cómplice y que entendieses los entretiempos y mis momentos de creatividad. Voy a tratarte bien, como te digo, voy a servirte con calma y esmero. Preparé una tarta de chocolate porque sé que es de tus postres favoritos. Bueno, ¿y a quién no le gusta el chocolate?

Te decía que me encanta la idea de que hayas decidido venir, me gusta mucho. Me hace feliz saber que te importa dónde vivo y qué colores son los que prefiero. Podés mirar bien todo, pasar a las habitaciones y los baños, sí, dos baños tengo aunque viva sola, es de un trauma de la infancia. Éramos cinco personas en casa y un sólo baño; no fue imposible, pero tuvimos nuestros encontronazos, así que crecí con el rumor constante de mi madre sobre que lo único que le hubiese gustado en esta vida era tener un bañito más. Se pasó la mitad de su adultez planeando la manera de construir uno, sin ducha, sólo con un inodoro y un lavabo. A la entrada, repetía ella, porque allí estaban los caños de acceso del agua. Nunca ocurrió. Pero cuando yo me emancipé, lo primero que pensé es que quería dos baños. A mí me daba un poco igual tener una sola habitación, siempre y cuando hubiese dos baños. Y lo conseguí. Así que como te decía, podés pasar a verlos.

Quisiera que tu visita fuese especial, que te gustase sentirte acogido y entonces, en un futuro no muy lejano, decidieses volver. Volver pronto. Porque si pasa mucho tiempo voy a pensar que te traté mal en algo y ya sabés cómo me pongo con esas cosas. Me empiezo a preocupar y no puedo dormir, y te envío notas y mensajes y llamadas y vos te hacés el que no leíste nada; en realidad te agobias y siempre cortás por lo sano. No es que esté de acuerdo y que no me duela un poquito, pero te entiendo. Lo entiendo todo perfectamente. Es difícil en este siglo compartir algo más que una noche o un par de cervezas. Estamos en la era de lo liviano. Lo *light* se lleva hasta en las relaciones. Es un querer pero sin condicionarse a nada. Un querer cuando te venga mejor y te dé tiempo. Por eso a veces me cuesta adaptarme. Suerte que te tengo a vos que me ponés los pies en la tierra en un santiamén, dejándome de hablar por unos cuantos días, y nunca me preguntás si estoy bien para no importunarme y no meterte en mis asuntos. Bueno, salvo aquellas veces en que se murieron esos amigos o familiares tuyos, que me llamaste desesperado, buscando cariño, alivio y cama. Yo voy comprendiendo cómo funciona todo esto de a poco. Qué lindo que me tengas paciencia y aguantes mis dos mensajes de texto por semana y, sobre todo, el que pretenda verte cada quincena. A veces, lo admito, soy un poco empalagosa, qué sé yo. Pero bueno, la idea es que volvieses, porque lo pasaste bien y te gustó el cafecito. Porque te reconociste en algunos adornos de mi casa, porque te gustaron los autores de los libros que ojeaste distraído, y hasta varios de los cuadros que tengo expuestos en el salón y el baño. Aunque no vamos a adelantar ninguna conclusión. Sin presiones, no te voy a exigir nada, ni siquiera a pedir un ajuste, porque lo nuestro no da para tanto, estarás de acuerdo conmigo.

Ahora sentate tranquilo, mientras te sirvo el café. Ya sé que lo tomás sin leche y con edulcorante. La tarta va a estar en unos minutos. Busqué un chocolate que fuera más natural, más orgánico, para que no te hiciese daño al estómago. Me enteré de que estás un poco delicado de salud, que te mareas después de comer algunas veces, así que te voy a cuidar, ya te dije.

Después del café nos quedamos charlando un rato, no tengo apuro. Incluso, podés recostarte en mi cama si te da sueño, hoy cambié las sábanas. Ya me aprendí que la siesta es importante para vos, porque tenés ese problema para dormir. Yo también lo tengo. Sabés que me parece que es porque pensamos demasiado y no sabemos desconectar, ¿no? Al menos eso dice siempre mi padre y también mi psicoanalista.

Qué bueno que te haya gustado mi casa, y el café, y la tarta. Yo estoy bien, sin mucha novedad que pueda serte interesante. Si te parece puedo inventar alguna cosa, o exagerar lo cotidiano para que te rías o para entretenerte. Me conocés, puedo hablar durante horas y horas, y si se trata de verte sonreír, mucho más. Me encanta tu carcajada fuerte, varonil, tajante. Como todo lo que hacés y decís. Porque nunca te vas por las ramas ni te enredas en historias fáciles. Es lo que vos decís y cómo lo decís, lo que hace que el resto hagamos caso. Yo misma soy ejemplo de ello. A veces me cuesta entender la magia con la que podés manejarme sin demasiado esfuerzo. Tengo que admitir que nunca le hubiese aguantado a nadie ciertas costumbres virulentas tuyas. Yo tengo un carácter fuerte, soy respondona, peleadora, extremadamente elegante y bastante profunda en mis planteos. Me gusta analizar, desarrollar, debatir opciones. Vos conmigo hacés que todo eso desaparezca y no me das opción. Siempre se hace lo que vos planteás, total, yo estoy para complacerte, ya te dije. Además a mí me sirve que me guíen un poco. Estoy cansada de tener que ser siempre la que lleva la voz cantante. A mí me encanta hacerte sentir bien, demostrarte que valés, que sos especial. A veces me enojo un poco cuando estoy sola, por cosas que me comentás sobre mi apariencia o mi forma de reaccionar, pero es porque me siento insegura últimamente. En una de esas tiene que ver con la forma en que me querés, que es nueva para mí. Realmente sos valeroso, porque mi madre siempre dice que soy demasiado estricta con todo, incluso con las relaciones. No me voy a hacer ilusiones con otra cosa, somos amigos, respeto que seas un alma libre. Y te entiendo. Siempre comprendo todo. Prefiero tenerte como amigo. De imaginarte que podrías ir por ahí haciendo amigas como yo, con las que compartís cafés y charlas, me pongo nerviosa. Igual, nunca nadie te cocinaría las tartas de chocolate como las que hago yo. Receta familiar.

Te cambió la cara de repente. Podría ser que te mareaste un poco a causa del azúcar, te dije que comieras despacio y un solo trozo de tarta. Es mucho chocolate. Es mi culpa por querer que te sintieras a gusto. La gente va a decir que te quise envenenar o algo. Mejor acercate a la ventana para tomar aire, te va a venir bien. Está lindo el día de otoño. Y del último piso se ve toda la ciudad. A mí me encanta. Respirá hondo varias veces, llenando los pulmones y bajando el oxígeno hasta el estómago. Si cerrás los ojos, hace más efecto, te relaja. Dame la taza de café, ya no la necesitás, ya no comas nada. Igual tené cuidado, no te asomes demasiado a la ventana, puede ser peligroso por tu altura. Mirá si te da un pico de azúcar por el mareo y terminás perdiendo el equilibrio; te caerías desde el séptimo piso y como estás indispuesto parecería un accidente. No te preocupes, la gente no me va a echar la culpa, todos saben qué carácter tenés, y a mí me han escuchado llorar. Yo siempre te daba la razón y sonreía amablemente cada vez que me lo pedías. No es que te eche culpa de nada, pero si lo pensás mejor no te portaste conmigo todo lo bien que me prometiste. Se te escaparon gritos más de una vez, y te hiciste el desinteresado infinidad de ocasiones. Eso por no mencionar alguna mala palabra dirigida directamente contra mi intelecto o mi forma de pensar. Ya sé que a veces me paso un poco y que levanto el tono de voz, o digo un improperio, pero siempre es en defensa propia, y con todo el cariño del mundo. Igual que el que vos me tenés a mí, aunque no lo digas tan a menudo. Entonces, cómo te iba diciendo, qué lindo que te haya gustado mi casa. Me encantó que vinieras a visitarme, ya iba siendo hora. Pero te dije que no comieras tanto chocolate y que tuvieses cuidado con la ventana abierta. ¿Mirá si te empujaba yo por casualidad cuando iba a acariciarte la nuca? Puede que por fin haya encontrado la forma de decirte todo lo que pienso de vos. Ahora te agobiaste y perdiste el equilibrio cayéndote desde mi ventana. Mirá que te lo dije, pero vos nunca escuchás. No te preocupes. Diré que fue un accidente. Me van a creer a mí porque tu palabra ya no cuenta.

ACTO FALLIDO

El viento y la lluvia arreciaban. Antonio apretó el cuello de su gabardina con el puño, como si con aquel gesto pudiese evitar que se mojara, o que el frío le calase los huesos. Su otra mano asía firme el maletín de cuero destartalado mientras aceleraba el paso bajo las farolas a la salida de la Facultad de Psicología. Parecía que se acercaba el fin del mundo.

Dudó un instante tras presenciar volar algunos objetos, y decidió llamar un taxi para ahorrar tiempo e infortunios. El frío le estaba adormeciendo los nudillos y los dedos de los pies. Además era jueves, y los jueves solía tomar el autobús directamente a casa de Rosario para la ronda de preguntas habituales sobre semiología. Rosario había aceptado colaborar en el proyecto del Departamento de Psicología Analítica a través de él, el licenciado Antonio Villanueva, y ahora se reunían una vez por semana en su apartamento del centro para tratar algunos asuntos donde ella podía echar un poco de luz sobre las recientes investigaciones de Antonio. De paso tomaban una copa de vino tinto y se reían con las anécdotas de la universidad. Se turnaban con la compra del vino a la semana. Por suerte para Antonio, esta vez no era su turno de llevar la botella, con la que estaba cayendo.

Ambos se conocían desde hacía años. Habían coincidido en varios cursos durante la época de la facultad, habiendo existido cierta atracción no consumada entre los dos. Él había estado casado hasta hacía un año y medio, mientras que su exmujer siempre trató a Rosario con cordialidad. Lo cierto es que Rosario era soltera y se sentía atraída por Antonio de un modo inquietante, pero estaba chapada a la antigua en cuestiones románticas, con lo que jamás tomaría la iniciativa si él no movía pieza primero. Era una forma inconsciente de quitarse las culpas por si la cosa no funcionaba *a posteriori*. El modo perfecto de autodefensa en caso de una discusión acalorada, donde ella podía gritar desaforadamente que fue él quien intentó algo en primer lugar. Las mujeres con la capacidad intelectual de Rosario y con su currículum tenían muy pocas armas a la hora de una discusión sobre sexualidad y relaciones, porque siempre terminaban consintiendo que cada movimiento había sido calculado al milímetro. Nadie admitiría de una semióloga que hubiese dejado alguna circunstancia de su lado emocional al azar. Por ridículo que suene el asunto, las personas se ensañan con los inteligentes. Así que su escudo protector consistía en esperar que un hombre hiciese un avance para que ella pudiese actuar en consecuencia. Las mujeres como Rosario Dámper jamás toman la decisión de ir a la cama, al menos de forma aparente, aunque en el fondo respondan de maravilla.

A las ocho y media, como era habitual, Antonio golpeó enérgicamente la puerta en casa de Rosario, quien le recibió de buen ánimo, emocionada a causa de unos proyectos futuros que le harían viajar a París y Berlín en unos meses. Una convención sobre algo a lo que Antonio no prestó atención, y donde se reunirían eminencias de cada país. Antonio sonrió y le abrazó animado, envuelto en la vorágine de buena disposición de su amiga. Rosario no paró de darle los detalles de su itinerario mientras ayudaba a Antonio a quitarse el abrigo y lo dejaba en el baño para que se secase mientras charlaban. Pese al frío y el viento de fuera, en el apartamento de Rosario el clima era templado y acogedor. Y su sonrisa era radiante y nostálgica. Él se acomodó en una esquina del sofá, frente a la estufa a leña, y ella corrió a la cocina por unas copas de vino y algo de queso y pan.

—No tuve tiempo de ir por unas aceitunas —confesó Rosario mientras regresaba al salón, sonriente.

—No te preocupes. La próxima las traigo yo —contestó Antonio, embelesado en las ondas del vino al verterse dentro de las copas.

Mientras ella hablaba de todo lo que tendría que organizar antes y después de su viaje, incluidas las reuniones con Antonio para su propio proyecto, él observaba atento. Probó el queso y dio varios sorbos a su copa de vino. Rosario apenas había tenido un instante para mojarse los labios. Antonio se sintió cómodo y satisfecho, recostado sobre el sofá grande. Respiró hondo. Por un momento, imaginó una vida junto a Rosario. Sus mañanas con el cabello revuelto y los cafés entre pijamas de seda y algodón. Salidas a caminar juntos cada tarde, quizá tuviesen un perro que sacarían a pasear, momento en que aprovecharían para contarse lo mejor de la jornada de cada uno. En el departamento, sus compañeros sentirían envidia de verle llegar cada mañana, con una sonrisa genuina, sabiéndole un ganador entre todos por haberse llevado el premio mayor, llamado Dámper. Porque las mujeres profesionales como ella tenían gustos muy particulares y muy exigentes. Y no todos estaban a la altura. Pero él sí, Antonio le haría feliz, le llenaría de abrazos y de besos, le traería el café a la cama y le plantearía nuevos debates semióticos para que ella pudiese continuar perfeccionando sus conocimientos. La volvería imparable y se volvería él mismo el hombre más reverenciado del mundo académico. Pero sobre todas las cosas, se sentiría pletórico. Estaba convencido de que su amiga Rosario guardaba en algún sitio entre su ropa y su intelecto lo más parecido a una llave de la felicidad. Algo que Antonio añoraba con discreción.

Rosario dejó su copa de vino en la mesilla del centro y le observó un instante, sonriendo curiosa.

—No parece que hayas escuchado nada de lo que dije —comentó Rosario dulcemente.

Ambos se miraron un instante en silencio. Los nudillos de Rosario parecían suaves y tibios, pensó Antonio mientras volvía a dar un sorbo a su bebida. Luego contempló las rodillas que se dejaban adivinar bajo la tupida falda de franela.

—Perdón. Me quedé pensando en otra cosa. Últimamente tengo mucho trabajo y a veces pierdo la concentración. Pero estoy a gusto contigo.

—¿En qué te quedaste pensando, si se puede saber? —insistió Rosario sin perder la calidez en su tono.

Antonio caviló un instante y su respuesta fue tan tajante como honesta.

—En cómo sería la vida contigo.

Rosario no parpadeó, se quedó mirándole a los ojos intentando desglosar la información que acababa de recibir sin previo aviso. Esperó paciente a que fuese Antonio quien matizase las cosas. Pero él también se le quedó mirando, asombrado y libre. Porque al decir lo que realmente le ocurría, se había vuelto infinitamente más seguro de sí mismo, y a juzgar por la reacción de su compañera, las expectativas eran aún mejores.

Como ninguno de los dos dijo más nada, Antonio se acercó a la mesa resbalándose sobre el sofá para conseguir la botella de vino. Rellenó las dos copas y con un movimiento elegante y desprevenido besó a Rosario en los labios. Fue un intercambio suave y sincero. Rosario sintió la humedad de la boca de Antonio sobre la suya y disfrutó la sutileza. No supo qué hacer con sus manos, así que las dejo cruzadas sobre su regazo mientras el beso de Antonio se volvía más ansioso. Tras morderle suavemente, Antonio se separó de Rosario con una media sonrisa. Nunca nadie está del todo seguro de qué gesto poner después de un primer beso.

—Eso ha sido intenso —susurró él. Rosario tan sólo asintió.

Antonio volvió a besarla, intentando recuperar una vez más la emoción de aquel contacto. El calor del cuerpo de Rosario le invitaba a rodearla con sus brazos, pero se contuvo. Con la punta de su lengua separó los labios de Rosario para besarla más ansiosamente. Rosario se dejó devorar.

Allí estaba el movimiento que le eximía de las culpas. La decisión que le entregaba la posibilidad de disfrutar sin ningún dedo acusador. Había empezado él. Ahora ella deseaba que continuase. Fue entonces cuando advirtió las manos de Antonio buscando el pliegue de su falda para escurrirse debajo, para sentir el tacto de su piel, y sintió miedo. Durante exactamente treinta y dos segundos pensó en su carrera, en la facultad, en la amistad existente entre los dos, en sus viajes futuros. ¡París! Pensó en sus colegas de trabajo y su colaboración para el Departamento de Psicología Analítica…

Rosario se separó de Antonio y se puso de pie, centrando su vista en el suelo.

—Vete, por favor —le solicitó con calma.

—Rosario…

Antonio se quedó inerte varios segundos, buscando una explicación lógica para aquel repentino rechazo, pero no la encontró. Ella no le enfrentó la mirada. Tampoco se justificó, ni siquiera intentó ser amable al despedirlo. Antonio recogió con dignidad y furia el portafolios y la gabardina y abandonó confundido el apartamento de Rosario.

Tras varios minutos en la misma posición, ella parpadeó afligida y desorientada. Era consciente de que sus miedos y su ego le habían traicionado y de que el paso en falso que había dado era probablemente el más estúpido de su vida. Sintió pánico de no volver a ver a Antonio, de no saber qué decirle, o cómo confesarle sus ganas. La deliberación tardó sólo dos segundos, tiempo suficiente para que Rosario corriera arrepentida escaleras abajo para decirle a su amigo que a veces la profesión se le mezclaba con el sexo, y que ella jamás veía las cosas claras de buenas a primeras. Que toda su semiología se le caía a los pies cuando se trataba de los sentimientos y las feromonas.

Al llegar a la calle, el frío le golpeó el rostro. Se sentía mareada. Luego de escudriñar en ambas direcciones, le divisó con la gabardina puesta y el cuello levantado para protegerse del viento. Corrió tras él con todas sus fuerzas y al alcanzarlo le sujetó del brazo para pedirle disculpas, pero aquel hombre no era él. Antonio ya se había retirado.

Al volver a casa y cerrar la puerta principal, Rosario se encontró con el conserje del edificio, quien sacaba con esfuerzo la basura. El hombre iba enfundado en un abrigo de lana oscuro.

—Oscar, ¿no vio para dónde se fue el licenciado Antonio Villanueva?

—¿Quién, señorita?

—Antonio Villanueva, mi amigo, el profesor. Viene cada jueves. ¿No vio a dónde se fue? Acaba de salir de mi casa.

Oscar le miró con una puntada de compasión y desconfianza y le dijo un poco preocupado:

—Señorita, pero don Antonio no ha venido hoy en todo el día.

JIMENA ANTONIELLO LIGÜERA
(Uruguay, 1978)

Estudió Letras en la Universidad de la República y cursó
un doctorado en Cristianismo Antiguo en la Universidad
Complutense de Madrid. Cuenta también con una maestría en
guion de cine (Escuela de Imagen y Sonido CES de Madrid)
y una especialización en cinematografía (New York Film
Academy). Es autora del poemario *Entropía del alma* (Melón
Editora, Argentina, 2012) y ha participado en la compilación
22 mujeres (Irrupciones Grupo Editor, Uruguay, 2012). Parte
de su obra ha sido incluida en revistas de creación como *Otro
cielo, Letralia, Kundra, Specimens, Aaduna. A Literary Journal*
y *Forth Magazine.* Asimismo, ha publicado artículos y reseñas
en diversos medios de España, México, Uruguay y Argentina.
Actualmente radica en la ciudad de Los Ángeles, California,
donde se desempeña como guionista de cine y televisión.

WWW.JIMENANTONIELLO.COM

TODO LO QUE DEBE MORIR
es una publicación de

❖SevenSistersPress

ISBN 978-0-578-45164-0

2019